大

大师谈人生

THE MASTER'S INTELLIGENT SERIES

曾雪梅◎编著

时代文艺出版社
SHIDAI WENYI CHUBANSHE

图书在版编目（CIP）数据

大师谈人生 / 曾雪梅 编著. —长春：时代文艺出版社，2011.4（2023.7重印）
　（大师智慧书系）

ISBN 978-7-5387-3560-4

Ⅰ.①大... Ⅱ.①曾... Ⅲ.①散文集－世界 Ⅳ.①I16

中国版本图书馆CIP数据核字（2011）第054935号

出 品 人　陈　琛

选题策划　朱凤媛

责任编辑　苗欣宇　田　野

装帧设计　孙　俪

排版制作　徐俊轩

大师谈人生

曾雪梅 编著

出版发行 / 时代文艺出版社

地址 / 长春市福祉大路5788号　龙腾国际大厦A座15层　邮编 / 130118

总编办 / 0431-81629751　发行部 / 0431-81629758

官方微博 / weibo.com/tlapress

印刷 / 永清县晔盛亚胶印有限公司

开本 / 710×1000毫米　1 / 16　字数 / 235千字　印张 / 15

版次 / 2012年1月第1版　印次 / 2023年7月第3次印刷　定价 / 58.00元

目录

CONTENTS

大师智慧书系

大师智慧书系

苏格拉底

苏格拉底（约前469—前399），古希腊哲学家，
生于雅典，同柏拉图、亚里士多德共同奠定西方文化的哲学基础，
对以后的哲学发展影响巨大。

※ 我是一只牛虻

公民们！我尊敬你们，我爱你们，但是我宁愿听从神，而不听从你们；只要一息尚存，我不停止哲学的实践，要继续教导、劝勉我所遇到的每一个人，仍旧像惯常那样对他说："朋友，你是伟大、强盛、以智慧著称的城邦雅典的公民，像你这样只图名利，不关心智慧和真理，不求改善自己的灵魂，难道不觉得羞耻吗？"

　　如果那个人说："是啊，可我是关心的呀！"我就不肯马上离开，也不让他走，向他提出问题，反复地盘问他。如果我发现他并无美德，却说他有，我就责备他把重要的事情看成不重要，把无价值的东西看成有价值。我要把这些话再三地向我所遇到的每一个人说，不管他年轻年老，不管他是公民还是侨民，但是特别要对本邦的公民说，因为他们是我的同胞。要知道，我这样做是执行神的命令；我相信，我这样事神是我们国家最大的好事。因此我不做别的事情，只是劝说大家，敦促大家，不管老少，都不要只顾个人和财产，首先要关心改善自己的灵魂，这是更重要的事情。我告诉你们，金钱并不能带来美德，美德却可以给人带来金钱，以及个人和国家的其他一切好事。这就是我的教义。如果它败坏青年，那我就是坏人。如果有人说这不是我的教义，那他说的就不是真话。公民们！我对你们说，你们要知道，不管你们照不照安虞铎的话办，不管你们是不是释放我，我是决不会改变我的行径的，虽万死而不变！

　　请不要打断我的话，公民们，我要求过你们把话听完，请听我说下去。我还有一些话要说，你们听了也许会叫喊起来，可是我相信你们听了有好处，请不要叫喊。你们要知道，如果你们杀了我，杀了我这样一个人，你们自己受到的损失会比我大。因为安虞铎也好，梅雪多也好，都不能损害我分毫。这是绝对不可能的，因为我相信神的意旨决不让坏人害好人。我承认，他也许可以杀死我，或者放逐我，或者剥夺我的公民权；他可以认为，别人也可以认为，这样做就大大地损害了我，可是我不那么想。我认为他现在要做的这件事——不公道地杀死一个人——只会更加严重地害了他自己。

　　公民们！我现在并不是像你们所想的那样，要为自己辩护，而是为了你们，不让你们由于定我的罪而对神犯罪，错误地对待神赐给你们的恩典。你们如果杀了我，是不容易找到另外一个人继承我的事业的。我这个人，打个不恰当的比喻说，是一只牛虻，是神赐给这个国家的；这个国家好比一匹硕大的骏马，可是由于太大，行动迟缓不灵，需要一只牛虻叮叮它，使它的精神焕发起来。我就是神赐给这个国家的牛虻，随时随地紧跟着你们，鼓励你们，说服你们，责备你们。朋友们，我这样的人是不容易找到的，我劝你们听我的话，让我活着。很可能你们很恼火，就像一个人正在打盹，被人叫醒了一样，宁愿听安虞铎的话，把这只牛虻踩死。这样，你们以后就可以放心大睡了，除非是神关怀你们，再给你们派来另外一只牛虻。我说我是神赐给这个国家的，绝非虚语，你们可以想想：我这些年来不营私业，不顾饥寒，却为你们的幸福终日奔波，一个一个地访问你们，如父如兄地敦促你们关心你们——这难道是出于人的私意吗？如果我这样做是为了获利，如果我的劝勉得到了报酬，我的所作所为就是别有用心的。可是现在你们可以看得出，连我的控告者们，尽管厚颜无耻，也不敢说我勒索过钱财，收受过报酬。那是毫无证据的，而我倒有充分的证据说明我的话句句真实，那就是我的贫寒。

有人可能觉得奇怪，为什么我要以私人身份劝告人们，干预别人的事情，而不敢参加你们的议会，向国家进忠告，这是有原因的。你们曾经听我在各种各样的时候，在各种各样的地点说过，有一种神物或灵机来到我的身上，这就是梅雷多诉状中讥笑的那个神。这是一种声音，我自幼就感到它的来临；它来的时候总是制止我去做打算要做的事情，但从来不命令我去干什么。就是这个灵机阻止了我从事政治活动；我想这是很对的。因为我可以断定，同胞们，我如果参加了政治活动，那我早就没命了，不会为你们或者为自己做出什么好事了。请不要因为我说出了真相而生气，事实就是这样。一个人如果刚正不阿，力排众议，企图阻止本邦做出很多不公道、不合法的事情，他的生命就不会安全，不管在这里还是在别的地方都是这样的。一个真想为正义而斗争的人如果要活着，哪怕是活一个短暂的时期，那就必须当老百姓，绝不能担任公职。

汉尼拔

汉尼拔（前247—前183），迦太基军事统帅。

少时随父远征西班牙，26岁时被任命为驻西班牙的迦太基军队统帅，屡立战功。

※ 战胜，或者死亡

士兵们：

你们在考虑自己的命运时，如果能记住前不久在看到被我们征服的人溃败时的心情，那就好了；因为那不仅是一种壮观的场面，还可以说是你们的处境的某种写照。我不知道命运是否已给你们戴上了更沉重的锁链，使你们处于更紧迫的形势。你们在左面和右面都被大海封锁着，可用于逃遁的船只连一艘都没有。环绕着你们的是波河，它比罗讷河更宽，水流更急；后面包围着你们的则有阿尔卑斯山，那是你们在未经战斗消耗、精力充沛时，历经艰辛才翻越过来的。

士兵们，你们已在这里同敌人初次交锋。你们必须战胜，否则便是死亡；命运使你们不得不投身战斗，它现在又站在你们面前。如果你们战胜，你们就能得到即使从永生的众神那儿也不敢指望得到的最大报酬。我们只要依靠勇敢去收复敌人从我们先辈手里强夺去的西西里和萨迪尼亚，我们就会得到足够的补偿；罗马人通过多次胜利的战斗所取得和积聚起来的财富，连同这些财富的主人，都将属于你们。在众神的庇护下，赶快拿起武器去赢得这笔丰厚的报酬吧。

你们在荒凉的卢西塔尼亚和塞尔蒂韦里亚群山中追逐敌人为时已久，历经如许艰辛危难却一无所获；你们跋山涉水，转战数国，长途劳顿，现在是打响夺取丰富收获的战役，为你们的劳苦取得巨大报酬的时候了。这里命运允许你们结束辛苦的努力，这里她将赐予与你们的贡献相称的报酬。你们不要按照这场战争表面上的巨大规模，而担心难于取胜。敌对双方受藐视的一方往往坚持浴血抗争，而一些著名的国家和国王却常被人并不费力地征服。

因为，撇开罗马徒有其表的显赫名声，它还有什么可与你们相比的？默默地回顾你们20年来以勇敢和成功而著称的战绩吧，你们从赫拉克勒斯支柱，从大洋和世界最遥远的角落来到这里，一路上征服了高卢和西班牙的许多最凶悍的民族；如今你们将同一支缺乏经验的军队作战，它就在今年夏天曾被高卢人击败、征服和包围过，至今它的统帅还不熟悉他的军队，而军队也不知道它的统帅。要把我同他作一比较吗？我的父亲是最杰出的指挥官，我在他的营帐中出生、长大，我荡平了西班牙和高卢，我不仅征服了阿尔卑斯山诸国，还征服了阿尔卑斯山本身；而那个就任仅6个月的统帅是他的军队里的逃兵。如果把迦太基人和罗马人的军旗拿掉，我敢肯定他不知道自己是哪一支军队的指挥官。

你们中每一个人都看到了我的累累战功，同样地，我作为你们英雄气概的目击者，能列举每一个人勇敢作战的具体时间和地点。士兵们，我认为这一点很重要。我在成为你们的指挥官以前是你们大家的学生。我将率领曾千百次地受过我表彰和犒赏的士兵，阵容威武地阔步迎击那支官兵互不熟悉的军队。

不论我把眼光转向何处，我看到的都是斗志旺盛、精神饱满的士兵，一支由各个最英勇的民族组成的久经战阵的步兵和骑兵；——你们，我们最可靠、最勇敢的盟军，你们，迦太基人，即将为你们的国家并出于最正义的忿恨而出征。我们是战争中的攻击者，高举仇恨的旗帜进入意大利，将以远远超出敌方的胆量和勇气发起进攻，因为攻击者的信心和骁勇总是大于防卫者。此外，我们所受的痛苦、损伤和侮辱燃烧着我们的心：他们首先要求我、我们的领袖，其次要求曾围攻过萨贡塔姆的你们大家去惩罚敌人；如果我们畏缩怯战，他们将使我们受到最严厉的折磨。

那个最为残暴、狂妄的民族认为，一切都应归它所有，听它摆布；应当由它决定我们该同谁交战、同谁媾和；它划定界限，以我们不得逾越的山脉河流把我们封锁起来，而它却不遵守自己规定的界限。它还说，不得越过伊比利亚半岛，不得干预萨贡廷人；萨贡塔姆在伊比利亚半岛，你们不得朝任何方向跨出一步！拿走我们最古老的省份——西西里和萨迪尼亚是件小事吗？你们还要拿走西班牙吗？让我从那里撤走，以便你们横渡大海进入阿非利加吗？

我说他们要横渡大海，是不是？他们已经派出本年度的两位执政官，一个派往阿非利加，一个派往西班牙。除了我们用武器保住的地方外，他们什么地方都没有给我们留下。有后路的人可能成为懦夫，他们可以通过安全的道路逃跑，回到自己的国土家园请求收容。但你们必须勇敢无畏。你们在胜利和覆灭之间绝无回旋余地，或者战胜，或者死亡。如果命运未卜，与其死于逃亡，毋宁死于沙场。如果这就是你们大家确定不变的决心，我再说一遍，你们就已经战胜了；这是永生的众神在人们夺取胜利时所赐予的最有力地鼓励。

蒙田

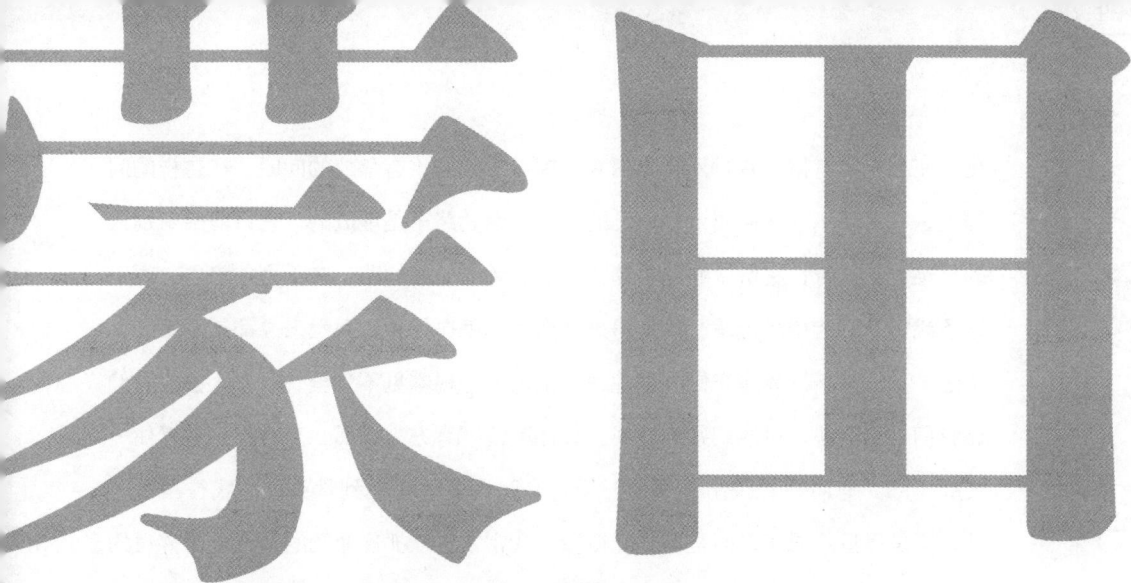

米歇尔·德·蒙田（1533—1592），波尔多的富商出身。
曾任15年的文官。游历过许多地方，随想随记，终出版《随笔集》，成为经典之作。

※ 人生可笑又滑稽

判断是应付一切问题的工具，而且无处不在使用。正因为如此，在我所写的随笔中，一有机会我就用上它。即使是我不熟悉的问题，我也要拿它来试试，像趟水过河似的远远地趟出去。然后，如果这个地方太深了，以我的个头趟不成，那我就到岸上去呆着。承认过不去，这是判断的一大成功，甚至是它最为得意的成功。有时候，对于一个无关紧要的问题，我要试试，看看它能不能使问题具体化，使之充实有据。有时候，我用它来探讨重大的、有争议的问题；在这样的问题上，它发现不了任何属于它自己的东西，因为路子是现成的，它只能踏着别人的足迹走。这时，它所做的就是选择它所认为的最好的路；在千百条路中，说出这条或那条路选得最合适。我是遇到什么命题就抓什么，对我来说都是不错的。不过，我从来不打算将它们完整地写出来，因为根本见不到全貌。有人答应我们让我们见到全貌，可他们并不兑现。每件事情都有方方面面，有时我只是抓住一面舔一舔，有时只是找出一面摸一摸，有时则要一直夹到骨头上。我往里扎一扎，不是尽量扎得宽，而是尽量扎得深。我常常喜欢抓住命题的某个未曾探讨的方面。如果某个方面我还不熟悉，我就斗胆地深入探讨下去。我在这儿写上一句话，又在那儿涂上另一句，算是从各个部分上零零散散地采取的样品，并不打算作什么，也不许诺作什么。我不一定要对这些写上的东西负责，也不会因为觉得不错就始终如一地坚持这些东西。我还会觉得有疑问，没把握，仍然觉得自己还是老样子———一无所知。

人一活动就会暴露自己。恺撒的内心，不但在组织指挥法萨罗战役时看得出来，而且在安排休闲和娱乐时也看得出来，看一匹马不仅要看它在驯马场上的操练，还要看它慢慢行走，甚至要看它在厩内的休息。

人的心灵活动，有的是不太高尚的。看不到这个方面，就不算对人心有彻底的认识。在它平平静静的时候，也许看得清楚得多。感情冲动的时候，它往往显得很高尚。另外，每遇一件事，它就会整个儿扑上去，全力以赴，决不会同时处理两件事。而且，不是根据事情本身，而是按照自己的意愿去处理。如果就事论事，世间事情也许都有各自的标准和特点；但在我们的心里，人心就会按自己的意愿将这些标准、特点任意修凿。死亡对西塞罗来说是可怕的，对加图来说是自己希望的，对苏格拉底来说是无所谓的。健康、良心、威望、知识、财富、美丽等，以及与之相反的东西，在进入心灵的时候要剥去衣服，换上心灵给予的新衣，染上心灵喜欢的色彩：褐的、绿的、淡的、暗的、刺眼的、顺眼的、深的、浅的，以及它们各自喜欢的；它们没有一起共同对照它们的风格、标准和形态：每一种单列出来都是最好的。所以，我们不要再找事物的外部品质作借口了：我们要在自己身上找原因。我们的好与坏取决于我们自己。要烧香许愿就许给自己，而不要祈求命运：命运对我们的品行无能为力。恰恰相反，我们的品行会影响命运，给它打上自己的印记。我干吗不能评评那个在吃饭时聊着天，胡吃海喝的亚历山大呢？干吗不看看在他下棋时这愚蠢幼稚的娱乐触动和拨弄的是他脑子里的哪根弦呢（我讨厌下棋，因为它算不上娱乐，玩起来过分严肃，把可以用来干正事的精力用到这上面不好意思）？他在组织他那光荣的印度远征时也没有这么忙过；另一位亚历山大在解析一段与人类永福有关的圣经时，也没有这么忙过。你们看，人的心里把这种可笑的娱乐看得多么重要；不是全力以赴了吗？在这件事上它多么慷慨地给每人以直接认识和评价自己的可能！在任何别的情况下，我都不可能更加全面地看待和审视我自己。在这件事上，什么样的感情不在折磨人呢？愤怒、怨气、仇恨、急躁，以及（在最有理由接受失败的事情上的）强烈的求胜心。看重荣誉的人不应在区区小事上展现自己的旷世奇才。在这个例子上我所说的话，对别的事情同样适用：人的一言一行、一举一动都在展示人，表现人。

德摩克利特和赫拉克利特是两位哲学家。第一位觉得人生无聊又可笑，所以公开露面时脸上总是挂着讥讽和笑容；赫拉克利特觉得人生可悲又可怜，所以总是愁眉不展，两眼充满泪水。抬脚出门一位笑盈盈，另外一位则哭兮兮。——尤维纳利斯。

我更喜欢第一种情绪，倒不是因为笑比哭招人喜欢，而是因为它更加愤世嫉俗，对人的申讨更厉害。我看，按照我们的功罪，我们受到的蔑视还远远不够。我们对一件事情表示遗憾，在遗憾和惋惜中却夹杂几分欣赏；我们不屑一顾的东西，却又觉得无限珍贵。我认为，与其说我们不走运不如说我们很虚荣；与其说我们狡猾，不如说我们愚蠢；与其说我们非常辛苦，不如说我们非常无用；与其说我们可怜，不如说我们可耻。因此，滚着他的木桶独自闲逛，对亚历山大大帝嗤之以鼻，将我们视为苍蝇或充气的尿泡的那个第欧根尼，依我看要比那位号称世人的仇敌的蒂蒙的看法更加尖酸、刻薄，因而也更正确。因为，人之所恨会常挂心头。后一位盼我们倒霉，一心希望我们完蛋，避免同我们交往，认为那是与恶人为伍，是危险的，是堕落。另一位对我们不屑一顾，所以同我们接触既扰乱不了他，也带不坏他。他丢下我们不是因为害怕，而是不屑同我们交往；他认为我们既干不了好事，也干不出坏事来。

布鲁图与斯塔蒂里谈话，让他参与反对恺撒的阴谋，他的回答如出一辙。他觉得事情是正确的，但干事的人不行，根本不值得为之出力；根据埃吉齐亚的学说，哲人干一切事情都是只为自己；因为只有他才有资格让别人替他做事；而根据泰奥多尔的学说，让哲人为了国家利益去冒险毫无道理，为了几个狂人这样做很不明智。

我们自己的人生既可笑又滑稽。

（丁步洲 译）

※ 众师之师——人类的无知

人人都应有自知之明，这一训诫实在十分重要。智慧与光明之神就把这一条箴言刻在自己神庙的门楣上，似乎认为此警语已包含他教导我们的全部道理。柏拉图也说：所谓智慧，无非是实施这一箴言。从色诺芬的著作中。可知苏格拉底也曾一步步地证明这一点。无论哪一门学问，唯有入其门径的人才会洞察其中的难点和未知领域，因为要具备一定程序的学识才有可能觉察自己的无知。要去尝试开门才知道我们面前的大门尚未开启。柏拉图的一点精辟见解就是由此而来的：有知的人用不着去求知，因为他们已经是有知者；无知的人更不会去求知，因为要求知，首先得知道自己所求的是什么。

因此，在追求自知之明的方面，大家之所以自信不疑，心满意足，自以为精通于此，那是因为：谁也没有真正弄懂什么。正像在色诺芬的书中，苏格拉底对欧迪德姆指出的那样。

我自己没有什么奢望。我觉得这一箴言包含着无限深奥、无比丰富的哲理。我愈学愈感到自己还有许多要学的东西，这也就是我的学习成果。我常常感到自己的不足，我生性谦逊的原因就在于此。撰写这种寓言；因为这些寓言真是可爱、也真是动人，其价值远在那些可悲的、枯燥的史实之上；对于敏感的心灵来说，这都是些慰藉的比喻。无疑地，天鹅并不歌唱自己的死亡；但是，每逢谈到一个大天才临终前所作的最后一次飞扬、最后一次辉煌表现的时候，人们总是无限感慨地想到这样一句动人的话语："这是天鹅之歌！"

（范希衡 译）

※ 论父子情

如果有什么真正的自然规律，也就是说普遍和永久存在于动物和人中间的某种本能（这点不是没有争议的），以我的看法来说，每个动物在自我保护和逃避危险的意识以后，接下来的感情便是对自己后代的关心。这仿佛是大自然为人间万物繁衍和延续对我们所作的嘱咐。若回头来看，孩子对父辈的爱不是那么深也就不奇怪了。

我本人对于不经过理性判断而在内心产生的这些意向，表示格外的淡漠。因为，在我所谈的那个问题上，有人抱着初生婴儿充满热情，而我对这个心灵既没有活动、形体还未定型也就谈不上可爱的小东西，决不会产生感情。我也不乐意有人在我面前给他们喂奶。随着我们对他们有了认识，才会有一种真正的合宜的感情产生和发展；他们若值得爱，天性和理智相互推进，那时才会以一种真正的父爱爱他们。他们若不值得爱，尽管有天性我们还是以理智作为准则。

经常，事情是逆向而行的；我们对孩子的喧闹、游戏和稚拙，仍然较之他们长大后循规蹈矩的行为更感到兴趣，仿佛我们爱他们只是把他们当作消遣，当作小猴，而不是当作人。有的父亲在他们童年时不惜花钱买玩具，对他们成长后所需的费用却很吝啬。甚至可以这么说，当我们即将离开尘世的时候，看到他们成家立业享受人生会产生一种妒意，使我们对他们锱铢必较。他们跟在我们后面，好像催促我们让道，我们会感到生气。因为，说实在的，他们能够存在和生活，会损及我们的存在和生活，这是无可奈何的事物规律；如果我们对此害怕，那就不应该当父亲。

一个父亲只是因为孩子对他有所求而爱他——若这也称为爱——也是够惨的了。

应该以自己的美德、乐天知命、慈爱和善而受人尊敬。贵重物质成了灰也有其价值，德高者的遗骸我们一向对之敬重异常。一个人一生光明磊落，到了晚年也不会成为真正的老朽，他依然受到尊敬，尤其受到他的儿辈的尊敬，要他们的内心不忘责任，只有通过理智来教导，而不是以物质相诱惑，也不能以粗暴相要挟。

训练一颗温柔的心灵向往荣誉和自由，我反对在教育中有任何粗暴对待。在强制性行为中总有一种我说不出的奴役意味；我的看法是：不能用理智、谨慎和计谋来完成的事，也无法用强力来完成。

我们不是愿意得到孩子的爱吗？我们不是愿意他们不要祈祷我们早死吗？（当然这种可恶的祈祷在任何场合下都是不正确的和不可原谅的："任何罪恶都不是建立在理性上的。"）那么在我们力所能及的范围内理性地协助他们的生活。

我跟孩子有过一次温和的谈话，试图在他们心中培育一种对我坦诚的情谊——这对本性善良的人是不难做到的；当然我们这个世纪不乏凶猛的野兽，如果人成了那个样子，也只能像对待凶猛的野兽那样憎恨和避开我们。

如果有人欺骗我，至少我不欺骗自己说自己是不会受骗的，也不绞尽脑汁去这样做。我只有依靠自己逃过这样的背叛，不是疑神疑鬼担心不安，而且抱定决心不以为然。

当我听到某人的事，我关心的不是他；而是回过头来想到自己的处境。他遇到的一切都与我有关。他的遭遇是对我的警告，也促使我清醒。如果我们知道回顾自己和扩大思路，每天每时每刻谈论其他人，其实也是在谈论我们自己。

我对家里人开诚布公，乐意向他们说出我的意愿，以及对任何其他人的看法。我坦陈心曲唯恐落后，因为我不愿意人家对我有任何误解。

有的人利用遗嘱，如同一手拿苹果，一手拿藤条，对于意欲染指的人每个行动都在其赏罚之中。继承是一件事关重大的、后果深远的行为，不能随时间的变换，出尔反尔。在这件事上，贤人一旦根据理智和大众意见作出决定后不再更改。

柏拉图的立法官和他的公民们有一段有趣的对话，转述如下：

他们说："我们感到末日来临时，为什么不能把属于我们自己的东西遗留给我们喜欢的人呢？在我们的病榻边，在我们年老力衰时，在我们的事务中，我们的亲人曾经给过我们不同程度的帮助，我们不能根据自己的意思或多或少地分赠给他，哦，神啊，这是多么残酷！"立法官对此作出下面的回答："我的朋友，你们无疑将不久于人世，根据德尔法城阿波罗神谕，你们很难了解自己，很难了解属于你们的东西。我是立法官，认为你们不属于你们，你们享有的东西也不属于你们。你们的财物和你们，不论过去与未来都是属于你们的家庭的。还可以说你们的家庭和你们的财物是属于集体的。如果阿谀奉承的人趁你们年老多病，或者趁你们自己一时热情，唆使你们不恰当地立下一张不公正的遗嘱，我会加以阻止的。但是为了城邦的公众利益和你们的家庭利益，我会订下法律，让大家合情合理地感到个人的财产应该归于集体。你们悄悄地、心甘情愿地去到人类需要你们去的地方。而由我，对事物一视同仁，尽可能从大众利益出发照应你们的遗物。"

只因为孩子是我们生育的，我们爱他们，把他们称为另一个自己；那么另有一样东西也是来自我们的，其重要性并不亚于孩子。这就是我们的心灵产物，它们是我们的智慧、勇气和才干孕育的，比肉体孕育的更加高尚，更可以说是我们的孩子；我们在孕育它们时既当父亲又当母亲；这些产物叫我们付出更大的代价，如果是有益的话，也给我们带来更大的光荣。因为我们其他孩子的价值更多来自他们自己，而不是来自我们；我们在其中的作用是微不足道的；但是第二类孩子的一切美、典雅和价值都来自我们，因而，它们比其他的一切更能代表我们自己，使我们激动。

培根

弗朗西斯·培根（1561—1626），英国唯物主义哲学家、随笔作家和詹姆士一世的大法官，英国唯物主义和整个近代实验科学的创始人，曾提出"知识就是力量"的名言。著有《论科学的价值和发展》《新工具》《随笔》等。

※ 论权势

身处高位者是三重意义上的臣仆——君主和国家的臣仆，荣耀的臣仆及事业的臣仆。所以，他们没有自由——没有人身的自由，没有言行的自由，也没有支配时间的自由。

为谋得高位或者说为凌驾于他人之上，宁可以失去自由为代价。人性的这种欲望真是不可思议！何况取得权势并非一件容易的事。人在这条路上要忍受许多痛苦，然而得到的却未必不是更深的痛苦。

为了取得权势，人们常常不择手段。即使达到高位也往往坐不安稳，一旦倒台便是身败名裂。因此，这真是一件可悲的事。正如古语所说："早知今日，何必当初！"

但是，人性仍然迷恋于权势。因为默默无闻的寂寞是难捱的。正如那些老人，尽管风烛残年，却仍然闲坐在热闹的街口，借此追忆往昔的繁华。

有趣的是，身处权位的人只能通过别人的眼睛来确认自己的幸福。而如果根据自身的感觉来判断，就很难找到究竟是否幸福的答案。他们能引以自慰的，只是别人对自己的羡慕和模仿。这使他们得到骄傲和荣誉，与此同时，他们的内心中也许恰恰相反。他们会时时感到忧虑，尽管他们只有在结局到来时才能真正意识到自己的错误。

身居权位的人，往往没有时间保持自己身心的健康。有权势者，既能行善也能作恶，不过作恶会受到舆论的谴责，所以最好还是不做。行善的意向是值得嘉许的，但单纯停留在好的意向上，虽然上帝可以接受，对于人世来说还不如一场梦。许多有利于人类的好事，要办成都需要借助于权势。

成功与美德是衡量人生事业的两种尺度。同时具备这两者的人，是幸福的。所以，一个人行事应当做到，即使面对上帝也不感到亏心，如此方能获得灵魂的"安宁"。

身处权位者，应该为自己寻找一个立身行事的楷模。此外，还应从过去那些不称职者身上吸取反面的教训。当然，这样做不应当是为了贬低他人，而是为了避免重蹈他人的覆辙。同样，如果有所兴革，也不应是为了诋毁历史，而是为了对后人开创好的先例。

掌权者应当研究历史。尤其要注意分析好的事物是什么时候蜕化和怎样蜕化的。同时还应当了解当代与历史的不同特点。对于历史，应当寻找其中最优秀的东西。而对于现代，则应当寻找当前最切要的东西。应当力求使自己的行动有规律性，以使人们能了解你下一步将做什么。绝不要过于自信和自负。当需要变更成规定时，应该把这样做的理由向公众解释清楚。

掌权者享有特殊的权利，这是应该的。但对于这种特权，与其炫耀，不如默享，更不应当滥用这种特权干预法律，同时，也必须照顾下属们的权益。对下属的事，只应做原则性的指导，而不要事事插手。

要善于接受并且寻求对你有益的忠告。不要把那些"好管闲事"的热心人拒之门外。

掌权者易犯的过错有四点：延误、贪污、蛮横和受骗。避免延误的办法是：信守时间，当断则断，不把必须做的事积压起来。避免贪污的办法是：不仅要约束自己和身边的人，而且要约束那些行贿者。掌权者还应当注意防止受贿的嫌疑。如果对一件已决定的事情，无明显原因突然改变原则或意图，那么就可能引起他因收受了某种贿赂而改变意图的嫌疑。因此，当改变一个观点或做法时，一定要把目的及改变的原因公布于众。

要注意，一个仆人或一个亲信，由于与有权势者的密切关系，常常可以成为通向贪污受贿的秘密渠道。

至于蛮横，应当知道，严肃能令人产生敬畏，而蛮横却只能令人产生怨恨。

至于被欺惑，那要比受贿赂危害更大。因为贿赂只是偶然发生的，而一个掌权者如果易于受欺惑，那么，他就永远只会不自觉地照别人的意志办事。

所罗门曾说："讲私情没有好处。它使人为了得到一块面包而破坏法律。"还有一句话说得好，"地位展示性格"。这就是说，在高位上的表现将使人的品格暴露无遗。

塔西佗曾对卡尔巴说："即使他不成为帝王，他也天生是个帝王。"而对菲斯帕斯他却说："掌权使他的人格得到增进。"

第一句话赞许前者的天赋能力，而后一句话则赞许后者的修养。地位愈高修养愈增，这是具有善的品格的最好证明。因为荣誉是来自或者说只应该来自于美德。但世人往往当其未得志的时候，尚能具有某些美德，而一旦有了权势，就丧失了这种美德。这正如在自然界中物体的运动一样，在启动时很迅速，而在行进中就缓慢下来了。

取得权势的路是不平坦的。在这条道路的开端，参加某一政派是必要的。但一旦达到相当地位后，就应当退出派争寻找平衡。当权者对前人的荣誉要珍视和公正，否则当你引退时，人们也会用同样的办法进行报复。

　　对于前后左右的共事者，应当相互关照。宁可在他们不想会见时会见他们，也不要在他们想会见时拒绝他们。在谈话中及答复下属的问题时，不如忘记自己是一个地位高的人，应该使人得到这样一种印象："他在工作上和普通人一样负责任。"

斯威夫特

乔纳森·斯威夫特（1667—1745），爱尔兰著名讽刺作家。
代表作品有《格利佛游记》《木桶故事》《布商信札》等。

※ 关于扫帚柄的沉思

　　这把形单影只的扫帚柄，你现在看到它灰头土脸地躺在毫不起眼的角落里，但我曾经在树林里见过正值盛年的它，那时它还是树液充盈，翠叶满身，树枝繁茂。而现在，有人无事生非，用一把枯枝缚在它毫无树液的躯干上，妄想以自己的一技之长与大自然一搏高下，这不过是白费力气罢了。它现在充其量不过是本末倒置的一棵树，树枝着地，树根朝天，完全颠覆了原先的上下位置。它现在归每一个干苦活粗活的邋遢女佣所用，并受到变幻无常的命运的捉弄，注定要扮演把别的东西打扫得一干二净、自己却弄得肮脏不堪的角色。最后，在女佣们多次使用之后，磨损得只剩下一根残干，不是被扔出门外，就是作为引火柴火付之一炬。我目睹这一切，不禁长叹一声，自言自语道：千真万确，人不过一根扫帚柄而已！大自然送他来到人世间的时候，他精力充沛、朝气蓬勃，一头天生的好发，宛如富有理性、枝繁叶茂的一株植物；但是不久，贪杯酗酒这柄利斧砍掉他那郁郁葱葱的树枝，只给他留下区区一根枯萎的树干；他飞奔去求助于人力的巧夺天工，戴上假发，并以一束扑满香粉的假发洋洋自得，虽然并非他头上天然所生。但是，如果现在我们这把扫帚柄也如此粉墨登场，因捆着并非自己身上所长的树木枝条而趾高气扬，其实它们全都沾满灰尘，即便是最尊贵的妇人闺房里的灰尘，我们也会嘲笑、鄙视它的虚荣吧。我们就是这样有失公允的法官，只看到自己的优点，专挑剔别人的缺点！

一把扫帚柄，你兴许会说，不过是倒立的一棵树而已；那么反问一句，人是什么？人不也是首足颠倒的一个生灵吗？他的兽性永远凌驾于理性之上，头放在了脚后跟该放的地方，匍匐于地！可是尽管满身毛病，他仍俨然自诩为普天之下的改革者、兴利除弊者、为民伸冤者，搜索人世间藏污纳垢的角角落落，将一大堆掩藏的垃圾公之于众，把原来纤尘不染的地方也弄得尘土飞扬，他装模作样要清除的垃圾没有打扫干净，自己却弄得浑身污浊不堪。在生命最后的日子里，他是女人的奴隶，而且往往是最不值得的女人，直到像他的扫帚兄弟一样，磨损得只留下一根残干，于是要么被踢出门外，要么被用来引火，供别人取暖。

S. 约翰逊

塞缪尔·约翰逊（1709—1784），英国词典编纂家，评论家，诗人，人称约翰逊博士。
曾从1747年起用38年时间编成《英语词典》。

※ 论懒散

很多道德学者都指出，骄傲是在人类所有恶习中影响力最为广泛的。它的表现形式繁杂多样，隐藏方式也多种多样。就如同天边月儿晶莹透明的面纱，伪装既有光彩之处又有隐晦之所。虽然遮盖但亦可一眼望穿。

诚然，我无意降低骄傲的危害程度，但不知道懒散是否会成为它的强敌。

然而有些人高声赞叹懒散是高雅之事，以"闲散之士"自居，正如布西里斯在剧中自称为"骄傲之士"一样。他们炫耀自己无需做事，感谢命运之神没有给他们安排事情。他们每晚睡觉睡到自然醒，起床活动活动也只是为了以后更好地入睡。为了延长黑夜的主宰，他们拉起厚厚的双层窗帘，终日不见阳光，除了"告诉他，他们十分憎恶他的光芒"。不断地变换享受的姿势就是他们所有的劳动。对他们而言，昼夜的分别就在于长沙发、椅子与床的不同。

他们是一群真正的并且公开的懒散女神崇拜者。女神为他们编织罂粟花环，把遗忘水倒进他们杯子里。他们生活在平静的愚蠢状态中，忘记了别人，别人也忘记了他们。他们的生活早就停止了，等到他们死了，生者只能说，他们停止了呼吸。

但是懒散在不经意间控制着大多数人的生活。因为这种恶习仅限于懒散者自身，不会危及他人。所以人们不会将它等同于欺诈和骄傲；欺诈危及财产安全，骄傲自然也会伤害他人的自尊。懒散具有一种平和静默的本质，不会因为炫耀而招来嫉妒，也不会因抗衡而遭受怨恨。

所以没有人忙于理会或刺探它。正如骄傲有时藏在谦恭之下一样，懒散通常被紊乱和匆忙所遮掩。一个人疏忽了自己明明知道的职责和真正的工作，自然会尽力去想一些让自己忘却自己愚蠢的事，然后努力地去做一些不是他职责范围内的事，只有这样才能保持自我欣赏。

有些人总是时刻准备着，忙于事前的准备，例如拟定计划、收集材料、为大事做准备等。

这些人肯定受到了懒散女神神秘力量的控制。只是，一味地忙于找工具的工匠是无法做出什么成就的。一位绘画大师曾告诫过我，只是对铅笔和颜料充满好奇的人，是不能将画画好的。

另外有些人将懒散看成一种权宜之计，他们认为懒散可能使人一生碌碌无为，但它可以使生活不是那么百无聊赖，没有空闲时间的沉闷。懒散的艺术就在于用琐事充斥每一天，手头总有一些让人好奇但又不劳神的活儿可做，大脑保持一种活动但不是劳动的状态。

我的老朋友索伯已经使用这种艺术方法多年，而且卓有成效。索伯是一个欲望强烈、思维敏锐的人，但他又酷爱闲散。为了保持这种平衡，他很少强迫自己去做难做的事情。但是欲望和思维的力量太大了，以至于他无法安然地睡觉。虽然欲望和思维的力量对别人可能没什么用，但却使他厌倦了自己。

交谈是索伯先生的主要兴趣所在。他可以永无休止地说或者听；自己说或者听别人说同样令他开心。因为他在幻想这是在教别人或自己学东西，暂时忘记自身的耻辱。

但是有一个时间段使索伯先生想起来就发抖。那就是晚上他必须回家好让朋友们睡觉；而另一个时间是早上不打搅别人，因为这时全世界的人都拒绝被打搅。不过他有许多办法去缓解这段无聊时刻的痛苦。他安慰自己，手工艺受到了不应有的忽视，他发现周密的思考在很多方面都有影响力——即推理的效应。经过仔细地观察思索之后，他开始实践。他先为自己购置了木工家具，并且成功地修好自家的煤箱。相信只要有机会他就会继续这个实践。

除了干木匠活，他还试图学习鞋匠、锡匠，还有管道工和陶工的技艺；虽然这些他都没学成，但他决心更好地学习来操纵这些。但是他的日常爱好是化学。他有个用来蒸馏的小炉子，这是他长期以来生活的安慰。他提取油、水，各种物质精华，尽管他也知道这些毫无用处。当他坐在曲颈瓶前数着一滴一滴的液体，看着它们滴答而落时，时光就飞逝而过。

哎，可怜的索伯！我经常用责备的口气去取笑他，而他也常答应悔过自新；没有人像懒人那样轻易地认错，但很少做出半点实际的改动。本文会有何效果我不明了，可能他会一笑了之，继续生炉子；但是我真的希望他别再做琐事，能够理智勤奋地做一些有用之事。

休谟

大卫·休谟（1711—1776），英国哲学家和历史学家。生于苏格兰，爱丁堡大学毕业。主要著作有《人性论》《政治论文集》等。

※ 优雅而快乐的人

人类最高的技艺和勤奋所得到的产物，无论在其外表的美妙或在其内在的价值上，都不能与自然产物的最高和谐相媲美，这对于人类的虚荣心来说，真是莫大的耻辱。技艺仅仅是在工匠手下的东西，被用来给那些出自大师之手的作品以些许修饰之笔。某些服装衣饰可能是由工匠绘制的，然而那最重要的人物形象，却是他不可企及的。技艺可以制作一套衣服，只有自然才能创造人。

　　我们发现，甚至在那些通常被称为技艺性工作的生产中，那最高贵的品种也要铭感自然的恩惠，因为它们主要的美来自大自然的力量和快乐的熏陶。诗人们天生的热情，是由他们在作品中所赞美的事物激发起来的。即使是最伟大的天才，一旦失去对自然的凭依，被抛到神圣的里拉（古希腊的一种七弦竖琴）一边（因为自然并不公平），那么他仅从技艺的规则中，是毫无希望达到只有从自然的神灵启示才能产生的神圣和谐的。幻想的欢乐之流并没有给技艺的修饰和雕琢提供任何材料，它那虚幻的歌声是多么贫乏啊！

　　但是，人们却不断对技艺进行无效的尝试，这之中尤数一本正经的哲学家们所做的最为可笑，他们提出一种人造的幸福，并企图通过理性的规则及通过沉思来使得我们快乐。波斯王色克塞斯曾允诺要向每一种新快乐的发明者颁奖，为什么他们之中没有人向他要求这种奖赏呢？莫非是：或许他们已经发明了太多的快乐以供自己用，以至于他们鄙视富有，无须任何由最高统治者的恩赐所带来的享乐。甚至我会这样设想，他们并不乐意通过向波斯宫廷呈献这样一种新奇而又无用的可笑东西，来为它提供一种新的快乐。当仅限于理论和希腊学校里一本正经的演说中时，这种沉思才能在他们愚昧的弟子激起赞美；然而只要试图把这种原则付诸实践，马上就会暴露出它们的荒谬。

　　你自称要通过理性及通过技艺的规则使我幸福。那么，你就必须根据技艺的规则重新创造我。因为我的幸福须得依附在我最初的骨架结构中。但是要实现这一点，恐怕你还缺乏力量和技能。我不能接受这样的见解，认为自然的智慧低于你的。让自然去启动她如此贤明地构造大自然机体吧，我觉得我只要一碰，就会损坏它。

　　出于什么样的目的，我要妄自去调整，斟酌或增补那些自然已经在我身上牢固树立的任何一个动机或原则呢？难道这就是通达幸福的必由之路吗？不过，幸福所包含的是舒适、满足、恬静和愉悦；而不是戒备、忧虑和劳累。我身体的健康在于它有完成一切行动计划的能力。肠胃消化食物，以及循环血液，头脑把精神分类并将其提炼得精粹优雅。事实上，这一切都无须我自己的关注。如果我能够仅以我的意志就停止血液在血管中迅疾的奔流，那么，我也就能够企望改变我的思想观念与感情的进程。假如自然并没有使一件物体能够给我的感官带来快乐，而我却锻炼自己的能力，努力要从这一物体得到快乐，那是愚蠢的。通过这种无效的努力，我只能给自己带来痛苦，而决不会得到任何快乐。

那么，抛弃所有那些无用的企图吧。什么在我们自身内创造我们自己的幸福啦，什么尽情欣赏我们自己的思想啦，什么满足于舒舒服服过日子的意识啦，什么鄙视来自客观外界的一切援助和一切供给啦，这全是出于傲慢的声音，而不是出于自然的声音。甚至，假如这种傲慢能够自持，能够表达一种真正的内在意愿，无论它是抑郁的还是剧烈的，那也很好。但是，这种软弱无能的傲慢除了控制外表，别无他用；它不遗余力地关心的只是虚构言词，以及支撑某种哲学的尊严，为着欺骗无知的群氓。在这种时候，由于缺乏情感的欢乐，心灵也就失去了自己对象的支持，堕入深深的悲哀与沮丧。悲惨而又劳苦的凡人啊，你的心灵在不超过其自身的范围内才是幸福的！它被赋予了什么样的才智去填满如此巨大的一个空间，并代替你一切肉体感觉和官能的位置呢？没有你的其他器官，请问你的头脑能够生存吗？在这种情况下，它必然制造出何等愚蠢的形象！什么也不干，只是永远地沉睡，进入这样一种昏睡，或是这样一种忧郁状态，一旦剥夺了外部的消遣和享乐，你的心灵必会沉沦。

因此，不要让我再处于这无情的压力之下吧。不要使我只限于我自己，而向我指出那些提供头等享乐的对象和乐事吧。且慢，为什么一定要请求你们这些骄傲而又无知的哲人，向我昭示通往幸福之途呢？还是请教一下我自己的情感和爱好吧。在它们之中我才能获悉自然的命令，这是在你肤浅的谈话中所得不到的。

看哪，正如我所希望的，神圣、亲切的欢乐（即卢克莱修所谓肉体的快乐），对于诸神和人类最高的爱，正向我走来。当她接近的时候，我炽热的心在跳动，所有的感官和所有的机能都沉浸在欢乐中；而她则把春天全部的花朵和秋天全部的果实一股脑儿倾倒在我的周围。她那悦耳的歌声伴着最轻柔的乐曲使我陶醉。同时，她邀请我去分享那些美味的佳果，它们喜气洋洋地放射着天地的光辉，她亲手将这些佳果馈赠给我。伴随着她的是欢闹的爱神丘比特，他一会儿鼓起香气扑鼻的双翼向我扇动，一会儿擎来芬芳沁人的油膏向我浇洒，一会儿端上泡沫飞溅的玉液琼浆向我奉献。哦！让我伸开四肢，永远躺在这称心如意的玫瑰床上，就这样，感受着这美妙的时刻以轻盈的脚步向前流逝。然而，残酷的时机啊！你这样快地飞向何方？为什么我那强烈的希望，以及你吃力地肩负的那满载欢乐的重担，非但没有延缓反而加速了你毫不松懈的脚步。在寻找幸福的一番劳苦之后，容许我享受这温柔的静憩吧。在经历了如此漫长、如此愚蠢的禁欲痛苦之后，容许我饱享这精美的佳肴吧。

可是办不到，玫瑰失去了它们的色彩，佳果失去了它们的风味，前不久还曾如此愉快地以它的气味陶醉着我的全部感官的芬芳美酒，现在再去引诱那已经厌腻了的口味，已是徒劳。欢乐在讥笑我的消沉。她在召唤她的姐妹德行来帮忙。欢愉，这嬉戏的德行听到了召唤，就把我那些快活的朋友们全部带了来。欢迎啊，我最亲爱的同伴，非常欢迎你们来到这浓荫之下的居室，来到这丰盛的宴席。你们的出现使玫瑰恢复了色彩，使佳果恢复了美味。生气勃勃的美酒的雾气现在重又缭绕在我的心头；你神采奕奕，分享着我的快乐，看得出，你的愉快来自我的幸福与满足。我从你的爱好中得到了爱好；你令人愉快的出现鼓舞着我，将使我重新恢复感官的享受，我的感官在这过分的享乐中已得到了充分的满足；然而心灵却跟不上肉体的步伐，也并没有去代替她那过分受苦受累的伙伴。

我们愉快的谈话，比正式的学派论证更容易启迪真正的智慧，我们亲密友好的交往，比政治家和自封的爱国者们空洞的辩论，更容易展现真正的美德。不要对过去耿耿于怀，也不要对未来忐忑不安，让我们安享眼前的幸福吧；在这有生之年，我们只须牢记那死亡或命运的力量还无法顾及的现世利益。明天将带着明天的快乐来临；一旦明天使我们天真的希望落空，我们至少可以享受到今朝有酒今朝醉的快乐。

假如酒神巴克斯和追随他的那些狂欢者们，用野蛮的喊叫打断我们的娱乐，并以他们狂乱、喧闹的欢情来搅扰我们，那么，请不要害怕，我的朋友。活泼的缪斯们已在周围守候；她们富于魅力的美妙乐音，足以使荒郊野漠的豺狼虎豹变得温顺，并把温柔的欢乐注入它们的心田。在这隐蔽场所的庇护下，只有安宁、融洽与和谐；除了我们婉转的歌声和我们友好交谈的欢声笑语，这儿的寂静从不曾被打破。

但是听啊！缪斯的宠儿，豪侠的第蒙（16世纪伊丽莎白女王的乐师、作曲家）折断了里拉；而且，当他以自己那更加悦耳的歌声为和谐的乐曲伴唱时，我们就被他那与歌声同样欢快奔放的想象力所鼓舞，他自己也深深地为之激动。他唱道："你这快乐的年轻人，你这上帝的宠儿，当花草繁茂的春天把她全部艳丽的春光倾泻在你头上时，不要让荣誉以她虚妄的光彩诱惑了你，使你在这个美妙的季节、人生的全盛时期，发生意外或危险，智慧向你指出了快乐之路，自然也在召唤，要你跟她走上铺满鲜花的坦途。对于它们威严的呼声，难道你能充耳不闻吗？面对它们温柔的诱惑，难道你能无动于衷吗？哦，虚幻的人生啊！就这样，失去你青春的年华；就这样，抛弃这宝贵的时光，轻视那易逝的福祉。好好考虑一下你的补偿吧。那如此引诱你高傲之心的荣誉，那诱惑你孤芳自赏的荣誉，它不过是一个回声，一个梦，甚至是一个梦的幻影，一点小风就会把它驱散，愚昧无知的群氓呼出一口气就会使它消失。你倒不必害怕死亡会把它夺去。但是看哪！当你还活着的时候，诽谤却会把它从你那儿夺走；无知也会怠慢它；自然并未享有它；唯有想象力放弃了所有的欢乐，来接受这像她自己一样空洞无依、虚无缥缈的报偿。"

时光在不知不觉中流逝，它飘忽不定地带着各种感官的快乐，以及各式各样和谐与友谊的乐趣。纯洁带着含情脉脉的微笑，走近这前进的行列；当她出现在我们眼前时，竟使我们神情恍惚，销魂夺魄。她美化了全部的景象，并使欢快的场面达到了狂喜的境地，即使这些欢乐已从我们眼前逝去，仍令人觉得她们还像刚才一样，正笑容满面地向我们走来。

然而，太阳已经落到地平线下面去了；静悄悄地包围我们的黑暗，此时已用它无垠的夜色笼罩了整个大自然。"欢庆吧，我的朋友们，继续你们的盛宴，或把它变为温柔的静憩。虽然我不在场，但你们的快乐与安宁也就是我的快乐与安宁。"但是，你往何处去？难道有什么新的快乐会把你从我们的交往中唤去？离开了这些朋友们，你还会有什么惬意？没有我们参加，你还能有什么愉快？"是的，我的朋友们，我现在所追求的快乐，就不容许你们分享。只有在这里，我希望你们不在场；也只有在这里，我才能为失去同你们交往找到一个充分的补偿。"

不过，我并没有穿过这密林的浓荫向前走多远，它以重重黑暗包围着我，然而透过黑暗，我想我是看到了可爱的塞丽娅，我的希望，我的心上人。她正急切地在树丛中徘徊，等待着约会的时间，默默无声地责备我迟到的脚步。但是，她从我的出现所得到的快乐，是对我的歉意最大的宽恕。驱散一切焦虑和怄气的念头吧，空出坦荡的心胸，不为别的，只为我们共同的快乐与销魂。我的美人，用什么样的语言，才能表达我的柔情，或描述那此刻正使我的内心激动万分的情感，要描述我的爱情，语言是太无力了；而如果，啊啊！你在你自己身上感觉不到这同样的激情，我就是竭力把它的确切观念转达给你也是徒劳。但是你的每一句话和每一个动作都足以消除这疑虑；而且当它们表达了你的感情时，也足以使我钟情了。这种隐居，这种静谧，这种黑暗，是多么亲切啊！现在，没有什么东西来搅乱这已被陶醉的灵魂。思想、感官除了全部充满我们共同的幸福，再也没有任何别的东西。这幸福的思想，感觉完全地占有了心灵，并传递着一种愉快，这种愉快是受骗的凡夫俗子们在任何其他的享受中所找不到的。

但是，为什么泪水沐浴着你鲜红的面颊，你的内心在沉重地叹息呢？为什么用这样徒然的忧虑来烦扰你的情感呢？为什么你总是问我，我的爱情还将持续多久？啊啊！我的塞丽娅，我能解答这个问题吗？我怎么能知道我的生命还将持续多久？而这也会打扰你温柔的心绪吗？是不是我们孱弱会死之人的幻梦总是呈现于你，使你最快活的时光变得沮丧，甚至伤害那些由爱情唤起的欢乐呢？倒不如这样考虑，如果说生命是易逝的，青春是短暂的，那我们就应该更好地使用眼前的时光，一点儿也不要错过那易朽的肉身所应享有的福祉。只一会儿功夫，这些就将不复存在了，我们及时行乐吧，就像我们从未享受过一样。人们对我们的记忆不会总是留在地球上的，甚至传说中的地下幽灵也不会为我们提供寓所。我们无效的担忧，我们徒劳的计划，我们靠不住的推测，将都被耗尽并失去。我们现存的有关万事万物始因的疑问，啊啊！必将永远得不到解答。只有这一点我们可以确信，即，如果有任何至高无上的主宰精神在统辖，那么他必然会高兴地看着我们达到我们生命的终点，并安享这一快乐，我们被创造出来仅仅是为了他。让这种想法给你忧虑的思想带来宽慰吧；不过，通过经常地细细品味这一想法，也不会使你的快乐太甚。为了无限地放纵爱情和欢乐，消除一切愚昧迷信的顾虑，只要懂得这种哲学就足够了。但是，我的美人，当青春和恋爱激起我们热切的情欲时，我们必然会在这爱情的拥抱中，找到更为快乐的话题。

杰弗逊

托马斯·杰弗逊（1743—1826），美国第三位总统，美国民主最重要的阐述者。《独立宣言》起草人。

※ 论天然贵族——致约翰·亚当斯

我同意你的说法，即人类之中有一种天然贵族。它产生自美德与才干。早先，人的体力和技能决定过贵族的地位；但自从发明了火药，弱者和强者一样都有了杀人的火器，体力和技能也就如同美貌、和善、文雅和其他才艺一样，成为仅仅是决定显贵的次要条件。还有一种是人为的贵族，他人仰仗的是财富和出身门第，既无须美德，也不要才干。因为，具备了后两条也就属于第一类贵族了。

天然贵族，在我看来，是大自然赋予人类用来指导、治理和取信于社会的最宝贵的礼物。说实在的，如果上帝只为社会国家创造了人，而未赋予人类足以应付各种社会忧虑的美德和智慧的话，那么其创业的本意就难以自圆其说了。我们是否可以说，那种能够最有效地、毫不掺假地把这些天然贵族选进权力机构的政府才是最好的政府。

人为的贵族是政府中颇惹麻烦的分子，须预先采取措施防范他们的计算。至于采取什么措施最好，你我意见则有分歧。当然，这是两个理性朋友之间的意见分歧，我们既充分各抒己见，又彼此宽容错误。在你看来，最好把那些假贵族放到一个单独的立法院里。他们在那里一方面会受到同级其他机构的制约而不致制造麻烦，同时亦可起到保护财富的作用，使之免受多数人的农业和掠夺性企业的侵害。我则认为，为防止这种人生惹麻烦而把权力交给他们，无异是武装他们去干坏事，只会增添而不是消除危害。因为，若是同级机构制约得了他们的行为，他们同样也能制约同级机构的行为。麻烦可以是消极的，也可以是积极的。关于这一点，合众国参议院的一个秘密小组可以提供大量的证据。我也不认为保护富人非得他们不可，因为总会有足够数量的富人进入每一个立法机构，足以保护他们自己。从我们的十五到二十个立法部门过去三十年的工作情况来看，大可不必担心财产的平均化。我想，最好的解决办法还是各州宪法中所规定的，让公民实行自由选举，他们会去伪存真，把真假贵族区分开来。一般来说，他们会选举那些真正优秀和聪明的人；某些情况下，财富可能会起腐蚀作用，门第也会蒙蔽人们的眼睛。然后不致达到危及社会的地步。

一定程度上讲，我们的分歧很可能是由于各自生活在性格特点不同的人们中所造成的。从我在马萨诸塞和康涅狄格两州所见（更多的是所闻），以及从你本人对于前者（你是那样熟悉他们）的评语来看，那里好像有一种对某些家族的传统的崇敬。这种崇敬使得那些家族几乎可以像世袭一样把持政府的职位。我推测，在你们历史的早期，那些家族的成员大概适巧都是些具有美德与才干的人，他们竭诚地为人民的利益而行使职权，并以他们的服务赢得了人民对他们名字的好感。

在弗吉尼亚州经我手拟定的法律试图根除这种假贵族。若是我所草拟的另一项法案也获得议会通过的话，我们的工作就完善了。这是一项主张更加普及教育的法案。它建议将每个县划分成若干五六平方英里大小类似你们的镇的小区，并在每个小区里设立免费学校，教授阅读、写作和普通数学等课程。每年从这些学校选拔最优秀的学生，他们可以公费到地区学校去接受高一级的教育，然后再从这些地区学校里挑选出一定数量最有培养前途的人，送到大学去完成教育，大学里应当教授所有有用的科学。如此，便不难从生活的各个阶层选拔出真正有价值、有天赋的人才，使之受到完整的教育，去击败财富和门第的竞争，赢得公众的信任。

说起贵族，还应当考虑到，在北美各州建立之前的历史上是找不到的，那时有的只是来自旧大陆的移民，他们囿于狭小或过分拥挤的空间里，身上沾满了那种环境所产生的种种恶习。为适应这种人而设立的政府是一回事，为北美各州人民服务的政府完全是另一回事。

即使在欧洲，人们的思想也发生了明显的变化。科学解放了读书与思考的人们，美国的榜样激发了人们的正义感。于是，科学、才干和勇敢起而反叛等级和门第，使它们威名扫地。虽然，由于未能将用来实现这一壮举的城市群氓（他们因愚昧、贫困和恶习而堕落成性）的行动控制在理性的范围内，反叛的初次尝试失败了，但是，世界将会从这第一次灾难的惊恐中恢复过来。科学在进步，有才干和进取的人们已动员起来。也许还会把乡村的民众也动员进来，他们笃信、顺从，是一支较易驾驭的力量。即使在乡村，等级、门第和徒有虚华外表的假贵族，也终将变得一文不值。

我这样就用你的分歧阐述自己的看法，并非是要挑起争论。你我都老了，谁也无力改变对方经过一生追求与思考所形成的观点。我不过是依照你在前面一封信中所提出的，即我们两人在死前应当彼此向对方说明白自己的观点。

（赵祥龄 译）

丹东

若尔日·雅克·丹东（1759—1794），18世纪法国著名资产阶级革命家，山岳派重要领导人之一。后被处以绞刑。

※ 勇敢些，再勇敢些

你们知道凡尔登城目前尚未陷入敌手，守卫部队誓称要处死第一个说出投降二字的人。

我们一部分人将守卫边界，一部分人构筑工事，设堑防御，其余持长矛者将担任城内的警卫工作。巴黎将支持我们的巨大努力。各公社委员要向公民发出庄严号召，要求他们拿起武器奔赴保卫祖国的战斗。在这时刻，你们可以公开宣告，我们的首都值得全法兰西敬重。在这时刻，国民会议成了名副其实的作战委员会。我们要求你们一同领导这场崇高的人民运动，指定一些委员支持和协助实现所有这些伟大的措施。任何人拒绝供职或提供武器，我们要求判决他们死刑。他们要求恰当地指示公民领导各种活动。我们要求派人到一切部门去传达你们在这里公布的各项指令。我们不敲报险的警钟而要吹响向法兰西的敌人冲锋的军号。为了胜利，我们需要勇敢，更勇敢，永远勇敢！这样，法兰西的安全就能得到保障。

席勒

弗里德里希·冯·席勒（1759—1805），德国伟大的诗人、剧作家和文艺理论家。《欢乐颂》为他不朽的名篇。席勒还著有《阴谋与爱情》《威廉·退尔》等名剧。

※ 欢乐颂

欢乐啊，群神的美丽的火花，
来自极乐世界的姑娘，
天仙啊，我们意气风发，
走进你的神圣的殿堂。
无情的时尚隔开了大家，
靠你的魔力重新聚齐；
在你温柔的羽翼之下，
人人都互相结为兄弟。
大家拥抱吧，千万生民！

把这飞吻送给全世界！
弟兄们，在那星空上界，
一定住着个慈爱的父亲。
谁有这种极大的幸运，

能有个朋友友好相处，

能获得一个温柔的女性，

就让他来一同欢呼！

确实，在这扰攘的世界，

总要能够得一知己。

如果不能，就让他离开

这个同盟去向隅暗泣。

聚居寰宇的芸芸众生，

你们对同情要知道尊重，

她引导你们升向星空，

那儿高坐着不可知的神。

众生都吮吸自然的乳房，

从那儿吸取欢乐的乳汁；

人不论邪恶，不论善良，

都尾随她的蔷薇足迹。

她赐给我们亲吻和酒宴，

一个刎颈之交的知己；

赐予虫豸的乃是快感，

而天使则求接近上帝。

你们下跪了，千万生民？

世人啊，是预感到造物主？

他一定在星空上居住，

去星空上界将他找寻！

在那永恒的大自然之中，

欢乐是强有力地发条；

把世界大钟的齿轮推动，

欢乐、欢乐也不可缺少。

她从幼芽里催发花枝，

她吸引群星照耀太空，

望远镜也看不到的天体，
她也使它们在空间转动。

就像在那壮丽的太空，
她的天体在飞舞，弟兄们，
高高兴兴地奔赴前程，
像一个欣获胜利的英雄。
她对探索者笑脸相迎，
从真理的辉煌的镜中。
她给受苦者指点迷津，
引向道德的陡峭的高峰。
在阳光闪烁的信仰山头，
可看到她的大旗飘动，
就是透过裂开的棺枢，
也见她站在天使队中。
毅然忍耐吧，千万生民！
为更好的世界忍耐！

在上面的星空世界，
伟大的主会酬报我们。
我们对神灵无以为报，
只要能肖似神灵就行。
即使有困苦忧伤来到，
要跟快活人一起高兴。
应当忘记怨恨和复仇，
对于死敌要加以宽恕。
不要逼得他泪水长流，
不要让他尝后悔之苦。
把我们的账簿烧光！
跟全世界进行和解！

弟兄们——在那星空上界，

神在审判，像世间一样。

欢乐在酒杯里面起泡；

喝了金色的葡萄美酒，

绝望者变成勇敢的英豪，

吃人的人也变得温柔——

当你们传递满满的酒盅，

弟兄们，从座位上起身，

要让酒泡飞溅上天空，

把这杯献给善良的神！

星辰的颤音将他颂扬，

还有天使的赞美歌声，

把这杯献给善良的神，

他在那边星空之上！

遇到重忧要坚持勇敢，

要帮助流泪的无辜之人，

要永远信守立下的誓言，

对友与敌都待以真诚。

在国王驾前也意气昂昂，

弟兄们，别吝惜生命财产，

让有功者把花冠戴上，

让骗子们彻底完蛋！

巩固这个神圣的团体，

凭这金色的美酒起誓，

对于盟约要矢志不移，

凭星空的审判者起誓！

（钱春绮 译）

里克特

约翰·保尔·弗里德里希·里克特（1763—1825），笔名让·保尔，德国作家。
著作主要有小说《快乐的小学教师乌茨》《穷律师西本克斯》《蒂坦》等，
《赫斯培罗斯》是他成名的代表作。
此外还有论著《美学入门》和讨论教育原理的《莱法纳或教育理论》等。

※ 两条路

　　新年的夜晚。一位老人伫立在窗前。他悲戚地举目遥望苍天，繁星宛若玉色的百合漂浮在澄净的湖面上。老人又低头看看地面，几个比他自己更加无望的生命正走向它们的归宿——坟墓。老人在通往那块地方的路上，也已经消磨掉六十个寒暑了。在那旅途中，他除了有过失和懊悔之外，再也没有得到任何别的东西。他老态龙钟，头脑空虚，心绪忧郁，一把年纪折磨着老人。

年轻时代的情景浮现在老人眼前，他回想起那庄严的时刻，父亲将他置于两条道路的入口——一条路通往阳光灿烂的升平世界，田野里丰收在望，柔和悦耳的歌声四方回荡；另一条路却将行人引入漆黑的无底深渊，从那里涌流出来的是毒液而不是泉水，蛇蟒满处蠕动，吐着舌箭。

老人仰望昊天，苦恼地失声喊道："青春啊，回来！父亲哟，把我重新放回人生的入口吧，我会选择一条正路的！"可是，父亲及他自己的黄金时代却一去不复返了。

他看见阴暗的沼泽地上空闪烁着幽光，那光亮游移明灭，瞬息即逝了。那是他轻抛浪掷的年华。他看见天空中一颗流星陨落下来，消失在黑暗之中。那就是他自身的象征。徒然的懊丧像一支利箭射穿了老人的心脏。他记起了早年和自己一同踏入生活的伙伴们，他们走的是高尚、勤奋的道路，在这新年的夜晚，载誉而归，无比快乐。

高耸的教堂钟楼鸣钟了，钟声使他回忆起儿时双亲对他这浪子的疼爱。他想起了发蒙时父母的教诲，想起了父母为他的幸福所作的祈祷。强烈的羞愧和悲伤使他不敢再多看一眼父亲居留的天堂。老人的眼睛黯然失神，泪珠儿泫然坠下，他绝望地大声呼唤："回来，我的青春！回来呀！"

老人的青春真的回来了。原来，刚才那些只不过是他在新年夜晚打盹儿时做的一个梦。尽管他确实犯过一些错误，眼下却还年轻。他虔诚地感谢上天，时光仍然是属于他自己的，他还没有堕入漆黑的深渊，尽可以自由地踏上那条正路，进入福地洞天，丰硕的庄稼在那里的阳光下起伏翻浪。

依然在人生的大门口徘徊逡巡，踌躇着不知该走哪条路的人们，记住吧，等到岁月流逝，你们在黢黑的山路上步履踉跄时，再来痛苦地叫喊，"青春啊，回来！还我韶华！"那只能是徒劳的了。

（罗务恒 译）

叔本华

亚瑟·叔本华（1788—1860），德国哲学家，唯意志论的创始人。
主要著作《作为意志和表象的世界》。

※ 人生的智慧

一

衡量一个人是否幸福，我们不应该向他询问那些令他高兴的赏心乐事，而应该了解那些让他烦恼操心的事情。因为烦扰他的事情越少、越微不足道，那么，他也就生活得越幸福，因为如果微不足道的烦恼都让我们感受得到，那就意味着我们正处于安逸、舒适的状态了——在很不幸的时候，我们是不会感觉到这些小事情的。

我们要提醒自己不要向生活提出太多的要求，因为如果这样做，我们幸福所依靠的基础就变得太广大了。依靠如此广大的基础才可以建立起来的幸福是很容易倒塌的，因为遭遇变故的机会增多了，而变故无时不在发生。在基础方面，我们幸福的建筑物与楼房建筑物正好相反，后者因其广大的基础而变得牢固。因此，避免重大祸害的最有效途径就是考虑到我们的能力、条件，尽可能地减低我们对生活的要求。

二

一般来说，人们最常做的一件大蠢事就是过分地为生活未雨绸缪——无论这种绸缪准备是以何样的方式进行。为将来做详尽的计划首先必须要以得享天年作保证，但只有为数不多的人才可以活至高龄，就算一个人能够享有较长的寿命，但相比订下的计划而言，时间还是太过短暂了，因为实施这些计划总要花费比预计的时间更多。另外，这些计划，一如其他事情，都有太多遭遇阻滞和失败的机会，很少真能达至成功。最后，就算我们所有的目标都一一实现，我们却忽略了时间在我们身上所带来的变化。

我们当初并不曾想过我们不可能在一生中始终保持创造的能力和享受的能力。因此，这样的情形经常都会发生：我们埋头做事，到了目标实现的时候，我们所取得的成果已经不再适合我们的需要了；或者，我们成年累月为某一工作做准备，但这些准备工夫不为人知地消耗了我们的精力，到头来，我们再也无法进行计划中的工作了。所以，经历长年的拼搏，历尽诸多风险，我们终于获得了财富，但到了这个时候，我们已不再能够享受这些财富了。我们其实就是为了别人苦干了一场。或者，经过积年的艰苦努力，终于如愿爬上了某一职位，但我们却已经无力胜任这一职位的工作了，诸如此类的事情屡见不鲜。

这是因为我们所追求的结果来得太晚了。或者，与此相反，我们太迟着手做事情了，也就是说，就我们做出的成就或者贡献而言，时代的趣味已经改变了。新一代的人成长了起来，他们对我们成就的事情不感兴趣；其他的人走了捷径，赶在了我们的前面，种种情形，不一而足。

三

所有局限和节制都有助于增进我们的幸福。我们的视线、活动和接触的范围圈子越狭窄，我们就越幸福；范围圈子越大，我们感受的焦虑或者担忧就越多。因为随着这一范围圈子的扩大，我们的愿望、恐惧、担忧也就相应增加。所以，甚至盲人也不是像他们先验显示的那样不幸，这一点可以通过他们的那种柔和、几乎是愉快的宁静表情得到证明。同时，部分地由于这一规律的原因，我们后半生比起前半生更加凄凉痛苦。因为在我们的一生中，关系和目标的范围总是不断伸展。

在儿童期，我们的视野只局限于周围的环境和狭窄的关系；到了青年期，视野明显扩大了；进入成人期以后，我们的整个生命轨迹，甚至最遥远的联系、别的国家和民族都被纳入我们的视线之内；在老年期，人们的目光所及包括了后代一辈。所有局限制约——甚至精神方面的——都有助于增进我们的幸福。原因就在于意欲受到的刺激越少，我们的痛苦也就越少。

我们知道，痛苦是肯定的，而幸福则纯粹是否定的。限制我们的活动范围就能够消除刺激我们意欲的外在动机，而精神上的制约则可以消除内在的动机。不过，精神上的制约却存在这一不足之处：它为人们的百无聊赖敞开了门户，而无聊却是人们无数痛苦的间接根源——人们为了驱赶无聊，不择手段寻求娱乐、社交、奢华、赌博、酗酒等，这些给人们带来的只是各式各样的懊丧、不幸，以及金钱损失。"人们无事可干的时候难以保持平静。"相比之下，尽可能的外在限制更能增进人们的幸福，这些限制甚至是幸福所必不可少的。

关于这一点可以从这一个例子看得出来：田园诗歌——这些唯一注重描绘人的幸福的诗歌——主要地和一成不变地表现那些在狭窄的环境过着简朴生活的人们。我们在观看那些所谓的风俗画时会感到某种愉悦之情，其原因也在于此。因此，我们生活的关系应该尽可能地简单，甚至单调的生活——只要这不至于产生无聊——都会有助于增进我们的幸福，因为这样，我们就更少地感觉到生活，并因此更少地感觉到生活的重负——重负本来就是生活的本质。这样，生活流淌就像一条波澜不兴、漩涡不起的小溪。

四

当我们看到某样东西时，很轻易就会产生这一念头："呀，如果我能拥有它就好了！"我们由此感觉到了有所欠缺。其实，我们更应该经常这样想："呀，如果我失去了某样东西！"我的意思是：有时候我们不妨想象一下在失去我们所拥有的某样东西时，我们将会怎样看待那失去之物。确实，对我们拥有的东西，都应作如是观：无论是财产、健康、朋友、妻子、孩子、我们所爱的人，抑或马匹、爱犬等。因为，在大多数情况下，只有在失去了某物以后，我们才会知道它的价值。

如果读者能够以我在这里推荐的方式看待事物，那么，首先，我们就会马上为我们的拥有感到直接的、比以往都更大的喜悦；其次，我们就会运用各种方式防范失去我们的拥有物。这样，我们就不会拿我们的财产开玩笑，不会激怒我们的朋友，不会让忠诚的妻子受到诱惑，不会疏于注意孩子的健康，等等。通常，为了使现时灰暗的生活生色明快，我们盘算着种种美妙的可能，凭空想象出形形色色的诱人的希望，而所有这些都孕育着失望。一旦它们被残酷的事实击碎，失望肯定就会接踵而至。如果我们更多地考虑可能出现的种种不利，那对我们反而有好处。因为这样做一来会促使我们采取相应的防范措施，另外，一旦意料之中的不好事情并没有发生，那我们就会得到意外的惊喜。在经历一番忧虑以后，我们难道不是明显地变得更加心情舒畅吗？

事实上，经常不时地想象一下那些有可能降临在我们身上的巨大不幸和灾难——这倒是一件好事情，我们由此可以更加容易承受那随后实际发生的许多轻微的不幸，因为我们可以以这一点安慰自己：那些巨大的不幸毕竟没有发生。但是，在考虑这条规则时，我们却不要忽略了在这之前的那条规则。

※ 健康

能够促使心情愉快的不是财富，而是健康。

我们不是常在下层阶级——劳动阶级，特别是工作在野外的人们脸上找到愉快满足的表情吗？而那些富有的上层人士不是常愁容满面，满怀苦恼吗？所以我们当尽力维护健康，唯有健康方能绽放愉悦的花朵。

至于如何维护健康实在也无需我来指明——避免任何种类的过度放纵和动荡不安的情绪，但也不要太抑制自己。要经常做户外运动、冷水浴，以及遵守卫生原则。没有适度的日常运动，便不可能永远健康，生命过程便是依赖体内的各种器官的不停运动，运动的结果不仅影响到有关身体各部分，也影响全身。亚里士多德说："生命便是运动。"运动也的确是生命的本质。有机体的所有部分都一刻不停地迅速运动着。比如说，心脏在一收一张间有力而不息地跳动，每跳28次便把所有的血液由动脉送到静脉再分布到身体各处的微细血管中。肺像个蒸气引擎无休止地膨胀、收缩。内脏也总在蠕动工作着。各种腺体不断地吸收再分泌激素。甚至于脑也随着脉搏的跳动和我们的呼吸而运动着。世上有无数的人注定要从事坐办公室的工作，他们无法经常运动了。体内的骚动和体外的静止无法调和，必然产生显著的对立。本来体内的运动也需要适度的体外运动来平衡，否则就会产生情绪的困扰。大树要繁盛荣茂也需风来吹动。人的体外运动须与体内运动平衡，此点尤为重要。

幸福系之于人的精神，精神的好坏又与健康息息相关。

这只要想想我们对同样的外界环境和事件，在健康强壮时和缠绵病榻时的看法及感受如何不同，即可看出。使我们幸福或不幸福的，并非客观事件，而是那些事件给予我们的影响和我们对它的看法。就像伊皮泰特斯所说："人们不受事物影响，却受他们对事物看法的影响。"

一般来说，人的幸福十之八九有赖于健康的身心。有了健康，每件事都是令人快乐的；失掉健康就失掉了快乐。即使人具有伟大的心灵、快活乐观的气质，也会因健康的丧失而黯然失色，甚至变质。所以当两人见面时，我们首先便问候对方的健康情形，相互祝福身体康泰，因为健康实在是成就人类幸福最重要的成分。只有愚昧的人才会为了其他的幸福牺牲健康。不管其他幸福是功、名、利、禄、学识，还是过眼烟云似的感官享受，世间没有任何事比健康来得更重要了。

雪莱

珀西·比希·雪莱（1792—1822），英国诗人、评论家。

1792年出生于苏塞克斯郡一个乡村地主家庭。

雪莱的主要作品有：《仙后麦布》《莱昂和西丝娜》（又名《伊斯兰的反叛》）《解放了的普罗米修斯》《西风颂》等。雪莱散文主要是文学评论和游记。前者有《诗辨》，其结论部分的三段以诗一般的语言盛赞诗歌。雪莱的散文始终保持着抒情诗般的韵味，具有明快的节奏感。

※ 人生是伟大的奇迹

人，就是生活；我们所感受的一切，即为宇宙。生活和宇宙是神奇的。然而，对万物的熟视无睹，犹如一层薄薄的雾，遮蔽了我们，使我们看不到自身的神奇。我们对人生倏忽不定的变幻赞叹不已，然而，它本身难道不正是伟大的奇迹？同人生相比，帝国兴衰、王朝更迭何足挂齿！同人生想比，宗教体系、政治体制的兴亡又何足轻重！同人生相比，我们所定居的星球的演变算得了什么？同人生相比，日月星辰的运转与归宿又算得了什么？人生，这伟大的奇迹，我们叹为观止，只因你如此奇妙无比！我们姑且就让那薄薄的雾（我们对这层雾，既了如指掌，却又感到变幻莫测），遮蔽我们的视线吧，否则，我们的惊异感会吞没，惊慑那引起惊异的客体！

倘若有任何一位艺术家，仅仅在心目中想象出太阳、恒星、行星诸星系（假设它们不曾在世间存在过），又用语言或画笔描绘出今夜的天穹所呈现的景观，然后以天文学的智慧对诸星系进行阐述解释，那么，我们会对他推崇备至的；如果有任何一位艺术家，凭他的想象勾勒出地球的景致：山峦、海洋、河流、草木、花朵，森林中形形色色的叶子，日落日出时的云蒸霞蔚，混浊清明的大气中的色彩层次（假设这一切以前也不曾在世间存在过），那么，毫无疑问我们会对他惊叹不已。如果以"除了上帝与诗人，无人配称创造者"来称赞这位艺术家，这实在不是出于虚浮的吹捧。然而，此刻，人们只是不经意地打量着这一切——日月、星辰、山川、河流、山脉……而以极度的快乐意识到这一切的人则被盛赞为"教养良好"、"卓尔不群"，芸芸众生对此是漠不关心的。这就是人生，包容一切的人生在人间所受的待遇。

什么是人生？我们的思想与情感有意识的或无意识的都会在脑海中涌现，而我们便运用言辞来表达它们；我们降临到世间，然而，呱呱坠地的时刻早已被我们淡忘，婴孩时代不过是记忆中破碎的残片。我们活下来了，可在生活中，我们失却了对生活的领悟。如果以为透过我们的言辞便能洞穿人生的秘密，这是何等狂妄自大！诚然，言辞倘若运用得当，的确能使我们明白自身的无知，不过仅此而已，而这已足人愿了！因为，我们无法回答：我们究竟是什么，我们来自何处，又欲往何方？降临世间是否即为存在之始，而死亡是否即为存在之终？诞生是什么？死亡又是什么呢？

精密抽象的逻辑学，抹去了涂在人生表面的那层油彩，为我们展现出一幅惊心动魄的人生画面。然而，面对如此惊心动魄的画面，人们却已经习以为常，只感到它年复一年，周而复始。有哲学家宣称，只有被感知的事物才存在。我要承认，我自己就是这一学说的赞同者。

然而，由于这一论断与我们固有的信念背道而驰，我们固有的信念便千方百计地与它抗衡。在我们心悦诚服之前，我们的脑海里早已有这样一种定论：外在的世界是由"梦幻的物质"构成的。通俗哲学这种荒谬绝伦的意识观与物质观，在伦理道德观念上产生了致命的后果。这一切及这种哲学在万物本原问题上极端的教条主义，曾使我一度陷入唯物论。这种唯物论对于年轻肤浅的心灵是一个富有诱惑力的体系。它允许信徒谈论，却"豁免"了其思索权。不过，我所不满足的是它的物质观。我认为，人是一种志存高远的存在，他"前见古人，后观来者"，他的"思想，徜徉于永恒之中"，与倏忽无常、瞬息即逝绝缘。他无法想象万物的湮灭；他只在"未来"与"过去"中存在；无论他真正的、最终的归宿如何，在他心中永远存在着一个精灵，与虚无、死亡为敌。这是一切生命、一切存在的特征。每一个生命与存在既是圆心，同时又是圆周；既是万物所指向的点，又是包含万物的线。这种观点为唯物论与通俗哲学的物质观、意识观所不容，然而，它与智力体系却是相投的。

　　冗长地介绍早已为探索的心灵所熟知的观点显得可笑。一个论题深奥的作者尽可以对他们发表演说，或许在威廉·德拉蒙德的《学术问题》中，我们可以找到对智力体系最清晰有力地论证。经过他的一番讲评，再用其他言语来转译就显得徒劳无益了，这种转译只能丧失原作的生动与贴切。如果人们一个论点一个论点、一字一句地审度德拉蒙德论著的整个推理过程，最明智的人不难发现他思想的混乱，他的推理并不最终导向论述过的结论。

　　然而，承认智力体系可以成立之后，接下来又是什么呢？智力体系并没有建立新的真理，对于人的天性的外在表现或天性本身也没有更新的发现。它旨在形成一种哲学。作为这个日益更新的时代之先驱，这种哲学任重而道远。智力体系朝着它的目标前进了一步，它致力于消除谬误及其根源。它留下的空白，往往是政治、伦理问题的改革者所应留下的。它使人的意识获得一种自由，倘若不是由于人们对于言语及符号——人的意识本身创造出来的工具的误用，这种自由就会发挥作用。符号，这里作广义理解，既包括该词通常的意义，还包含我所特指的意义。在特指意义中，几乎一切熟悉的客体都是符号，不是象征这些客体本身，而是代表其他事物。这些事物具有启示一种思想的能力，从这种思想中，可引导出一连串的思想。因而，在这个意义上说，我们整个的人生就是一场关于谬误的教育。

　　我们不妨回想一下儿时对事物的感受力。那时，对于世界和自身，我们抱有怎样独特而热切的理解啊！今天，许多当初对我们至关重要的社会情境已时过境迁。不过，这不是我执意对比的要点。那时候，我们并不像今日这般习惯性地在我们的所见所感与我们自身之间划一道分界线，似乎它们已经融为一体。就这点而言，有些人永远是孩子，他们沉湎于一种梦幻状态，在这种"出神入化"的状态下，他们感到天性仿佛已返璞归真，融入周围的宇宙中，或者周围的宇宙已经与其自身同化。天人合一，物我两忘——他们意识不到差别。这种状态往往是对人生热切而生动的理解的序曲、间奏或尾声。随着人们年龄的增长，这种力量渐渐衰退，变成机械性的、习惯性的力量。这样，感情与推理渐渐演变成一堆缠结不清的思想，以及因反复重现所形成的所谓印象。

　　智力体系最精密的演绎所展示的人生观是统一的。万物以其被感知的方式存在着，人们以"观念"与"外在客体"之名粗浅地对思维的两种类型加以区分，然而，这两者之间的差别只是名义上的。同理，依照这种演绎方式，各不相同的个体的意识（它与我们现在正在使用以审度自身之本性的东西相类似）也同样可能只是一种幻觉。"我"、"你"、"他们"这些词语并不是标志观念集合体实际区别的符号，而不过是人们用一指示一个心灵的不同变体的修饰语与符号。

　　不过，请不要误以为这种学说导致了这样一个狂妄的推论，即：我，一个现在正在写作、思考的人，就代表那"一个心灵"。我，只不过是它的一部分。"我"、"你"、"他们"这些词语不过是为了排列组合而创设的语法手段，根本不带通常附属于它们的那种严格、专一的意义。找到合适的名称来表达"理性哲学"所传递给我们的那种微妙的观念是很难的。我们正濒临为词语抛弃的边缘。如果我们俯视一下自身无知的黑暗深渊，我们会头晕目眩，我们将何等惊异！

　　不过，事物之间的关系没有因任何"体系"而变更。所谓"事物"一词，我们可理解为思想的任何客体，也可以是任何一个以明澈的分辨力对之进行思考的思想。这些事物之间的关系仍然未变，并成为我们所获得的知识的原材料。

　　人生的起因究竟是什么？或者说，人生究竟是如何产生的？是什么样的力量在主宰人生？有史以来，人类煞费苦心地试图对这一问题作出解答，其结果为——诉诸宗教。然而，万物的基础不可能是通俗哲学所宣称的意识，这一点是显而易见的。意识（倘若我们逾越了对意识属性切实体验这一范畴，一切论证将显得多么徒劳无益！）不可能创造，它只能感知。尽管意识被说成是人生的原因，然而，"原因"一词不过反映出人类意识的一种状态。它表达的是人们所理解的彼此相关的两个观念相互关联的一种方式。倘若任何人想运用通俗哲学来解答这一重大问题是何等力不从心，那么他们只需不带偏见地回顾一下自己意识中的各种观念是如何发展的就可以了。意识的来源，也即存在的来源，是和意识本身毫不相同的。

（徐文惠 译）

卡莱尔

托马斯·卡莱尔（1795—1881），苏格兰散文作家和历史学家，著有《法国革命》《论英雄、英雄崇拜和历史上的英雄事迹》等书。喜欢到处讲演，在当时思想界占有领导地位，对狄更斯的写作影响极大；为席勒写传，翻译歌德的作品，并同别人一起创立了伦敦图书馆。《歌剧》一文写得通今博古，直接与上帝、天堂和自然对话，抨击世俗浮名虚利把神圣音乐庸俗化的倾向。

※ 沉默

是的，我将再说一遍，赞美这伟大的沉默的人们！

察看一下这世界喧闹的空虚，毫无意义的言词，毫无价值的行动，人们就会喜欢思索这伟大的沉默帝国。这些高尚的沉默的人们，散居在这里或那里，活动于每个领域，沉默地工作，任何晨报也没有提到他们！他们是地球的盐粒。没有这种人或这种人很少的国家，会处境不佳，像一片无根基的树林，很快就会枯萎。如果我们除了表演或道白出来的东西外别无他有，那么我们就是可悲的。

沉默，伟大的沉默帝国，高于星空，深于地底的王国！唯有它是伟大的，其余一切都渺小无能。我希望我们英国人永葆我们伟大的沉默才能，让那些在市井上到处可见的、不得不站在空桶之上滔滔不绝地演讲的训练有素的演说家，成为无根基的哪怕最青翠的树林吧！

所罗门说，有一个说话的时期，但也有一个沉默的时期。老塞缪尔约翰逊说，他从不因需要金钱或别的东西而急于写作。

对这样伟大而沉默的人，人们可以问："为什么你不起来讲话，宣扬你的体系，建立你的宗派？"他将回答说："确实，到目前为止，我克制我的思想，但我幸运地能够保留它，没有任何非要说出它不可的强烈冲动，它是我依之为生的东西。对我来说，这就是它的伟大目的。"那么"荣誉"呢？荣誉同样存在，正如卡托谈到雕像时说："在你们的广场上有那么多的雕像，如果人们问哪里是卡托的雕像，不是更好吗？"在这种沉默的天平上，我们可以说有两种雄心，一种是完全应受谴责的，另一种是值得称赞的和不可避免的。自然已经证明，伟大的沉默的人不会沉默得太长，而那种想在别人头上发光的自私愿望，则被证明是贫乏和不幸的。

"你寻找伟大的东西吗？你找不出来。"这千真万确。所以我说，在每一个人身上，都有一种按照自然所赋予的特性来发展自身才能的控制不住的趋势，把自然放在你身上的东西说出来、做出来，是正当的、合适的、不可避免的；而且它是一个义务，甚至是一个人的一切义务的总和。可以确定尘世生命的意义就在于这一点：实现你的自我，创造你有能力做的事情。对人类来说，这是一种必然性，我们存在的第一法则。所以我们说，树立雄心是必要的，但要观察两种东西：不只看其地位，还有这个人对这地位的合适性，这才是问题之所在。也许这地位是他的；也许他有一种自然权利、甚至义务来支撑这地位！米拉波的雄心是成为首相，如果他是"法国唯一胜任此位的人"，我们能为这种雄心感到羞耻吗？

自然已证明：沉默的伟人终将说话！

普希金

亚历山大·谢尔盖耶维奇·普希金（1799—1837），俄罗斯的伟大诗人、作家，
浪漫主义文学的代表和现实主义文学的奠基人。
一生创作了大量优秀的抒情诗和多部叙事诗。
诗体小说《叶甫盖尼·奥涅金》是他最著名的作品。

※ 自由颂

去吧，快躲开我的眼睛，

你西色拉岛娇弱的皇后！

你在哪里呀，劈向沙皇的雷霆，

你高傲的自由的歌手？

来吧，揪下我头上的桂冠，

把这娇柔无力的竖琴砸烂……

我要向世人歌颂自由，

我要抨击宝座的罪愆。

请给我指出那个高尚的

高卢人的尊贵的足迹，

是你在光荣的灾难中

怂恿他唱出勇敢的赞美诗句。

战栗吧，世间的暴君！

轻佻命运的养子们！

而你们，倒下的奴隶！

听啊，振奋起来，去抗争！

唉！无论我向哪里去看，

到处是皮鞭，到处是锁链，

法律蒙受致命的羞辱，

奴隶软弱的泪水涟涟；

到处是非正义的权力，

在偏见的浓密的黑暗中

登上高位——这奴役的可怕天才，

和光荣的致命的热情。

要想看到沙皇的头上

没有人民苦难的阴影，

只有当强大的法律与

神圣的自由牢结在一起，

只有当它的坚盾伸向一切人，

只有当它的利剑，

被公民

忠实可靠的手所掌握，

一视同仁地掠过平等的头顶，

只有当正义的手一挥，

把罪恶从高位打倒在地；

而那只手，决不因为薄于贪婪

或者恐惧，而有所姑息。

统治者们！不是自然，是法律

把王冠和王位给了你们，

你们虽然高居于人民之上，

但永恒的法律却高过你们。

灾难啊！整个民族的灾难，

若是法律沉沉睡去，而不警惕，

若是只有人民，或帝王

才有支配法律的权力！

啊，光荣的过错的殉难者，

如今我请你来作证，

在不久前的喧闹的风暴里，

你帝王的头为祖先而牺牲。

当着沉默无言的后代，

路易高高升起走向死亡，

他把失去了皇冠的头，

垂在

背信的血腥的断头台上。

法律沉默了——人民沉默了，

罪恶的刑斧降落了……

于是，这个恶徒的紫袍

覆在戴枷锁的高卢人身上。

你这独断专行的恶魔！

我憎恨你和你的宝座，

我带着残忍的喜悦看见

你的死亡和你儿女的覆没。

人们将会在你的额角

读到人民咒骂的印记，

你是人间的灾祸、自然的羞愧，

你是世上对神的责备。

当午夜晴空里的星星

在阴暗的涅瓦河上闪烁，

当宁静的梦，沉重地压在

那无忧无虑的头额，

沉思的诗人却在凝视着

那暴君的荒凉的丰碑,

和久已废弃了的宫阙

在雾霭中狰狞地沉睡——他还在这可怕的宫墙后

听见克利俄骇人的宣判,

卡里古拉的临终时刻

生动地出现在他的眼前,

他还看见,走来一些诡秘的杀人犯,

他们身佩着绶带和勋章,

被酒和愤恨灌得醉醺醺,

满脸骄横,心里却一片恐慌。

不忠实的岗哨默不作声,

吊桥被悄悄地放下来,

在黝黑的夜里,

两扇大门

已被收买的叛逆的手打开……

啊,可耻!我们时代的惨祸!

闯进了一群野兽,土耳其的雄兵!……

不光荣的袭击已经败落……

戴王冠的恶徒死于非命。

啊!帝王,如今你们要记取教训,

无论是奖赏,还是严惩,

无论是监狱,还是祭坛,

都不是你们牢固的栅栏,

在法律的可靠的荫庇下,

你们首先要把自己的头低下,

只有人民的自由和安静,

才是宝座的永恒的卫兵。

1817年

(魏荒弩 译)

霍桑

纳撒尼尔·霍桑（1804—1864），美国小说家。

主要有《红字》《七个带尖顶的房子》《福谷传奇》和《玉石雕像》等作品。

※ 烦扰的心灵

当你第一个从午夜梦中惊起，在半梦半醒之间挣扎时，那是多么奇异的一刻呀！突然睁开双眼，你似乎惊奇于梦中的角色已全部汇集到你的床边，在其迅速变模糊之前，你放眼扫视过他们。或者，换一种比喻，一瞬间你发现自己在幻觉的王国里（睡眠是通往该王国的通行证）完全清醒着，看到了王国中幽灵般的居民和美丽的风景，感受着他们的奇妙，仿佛只要梦境被扰，你就永不会得到。

遥远的教堂钟声在风中微弱地飘来。你半严肃地问自己，是否有人从某座伫立在你梦境里的灰塔中为你那只醒着的耳朵偷来这钟声。悬而未决中，越过沉睡的城镇，另一座钟又发出了巨大的鸣响，声音如此洪亮清晰，在周遭的空气中留下长长的、低沉而连续的回声，你确信它一定是发自最近角落的一座教堂尖塔。你数着钟鸣——一下—二下—然后它们停在那儿，伴随着一声沉重的回响，就如同这座钟拼尽全力又敲响了第三下。

如果你能从一整夜中选出清醒的一小时，那就是此刻。你有合理的入睡时间（十一点钟），所以你的休息已足以消除昨日疲惫的重压；一直到来自"遥远的中国"的阳光照亮你的窗口，你面前呈现的几乎是整个夏夜的空间；一个小时陷入沉思，将心门半掩，两个小时在快乐的梦中流连，再留两个小时沉浸在那些最奇妙的享受中，快乐和忧愁同样健忘。起床属于另一段时间，而且显得如此遥远，带着灰心沮丧想从暖暖的被窝里爬出来置身于寒冷的空气中，简直是不可能的。昨天已经消失在过去的影子里；明天还未从未来中显现。你发现了一个中间地带，生活的琐事还未侵扰它的安宁；眼前的时刻在这里徘徊不去，真正地变成现实；时间老人发现在这儿无人注视他，便在路边坐下来喘口气。哈，他会沉沉睡去，让人们长生不老！

迄今你一直极安静地躺着，因为哪怕是最轻微的动作也会使人断续的睡眠消失无踪。现在，你感到一种无法回避的清醒，透过拉到一半的窗帘向外偷瞥，看到玻璃上装饰的满是冰霜的杰作，而每块窗玻璃都代表着一种类似于冻结的梦一样的东西。等待吃早饭的召唤时会有足够的时间找出其中的相似。透过玻璃上未结霜的部分看去，被冰雪覆盖的银白色的山峰并没有上升，最触目的东西是教堂的尖顶；白色的塔尖引你望向风雪交加的天空。你几乎可以辨别出刚刚报过时的那座钟上的数字。如此寒冷的天气，覆满皑皑白雪的屋顶，冰冻的街道那长长的远景，到处都是耀眼的白色，远处的水已凝成冰岩，尽管身上裹着四床毛毯和一条毛制盖被，这一切仍会使人不寒而栗。但是，你看那颗光彩夺目的星！它的光束不同于所有其他的星星，竟然用深于月光的一束光芒将窗影洒在床上，尽管轮廓如此的模糊。

你将身体缩进被窝，蒙住头，一直颤抖着，但来自体内的寒冷远逊于直接想到极地空气所带来的寒冷。实在是冷极了，连思想都不敢外出冒险。用尽了床上所有的御寒物，你思索着自己的奢华和舒适，如同一只壳中牡蛎，满足于一种无行动的懒散的沉迷，除了那诱人的温暖，就像你现在重新感觉到的一样，你昏昏沉沉地意识不到任何东西。啊！那个念头带来了可怕的后果。想到那些死人正躺在他们冰冷的裹尸布和狭窄的棺木中，想到墓地那阴郁窒闷的冬天，当雪花不断吹积在他们的墓丘上，刺骨的冷风在墓穴的门外怒号时，你无法说服自己不去想象他们正在恐缩发抖。这种阴郁的想法会越积越重，最终扰乱你清醒的那一小时。

每颗心灵的深处都有一座墓穴和地牢，尽管外界的光、音乐及狂欢可能使我们暂时忘却它们和它们中所掩埋的死者及关押的囚犯。但有时，最经常的是在午夜，那些黑暗的藏身之所的大门会砰然大开。在像这样的一小时中，心灵会产生一种消极的敏感，但却没有任何活力了；想象就如同一面镜子，没有任何选择和控制的力量，而使思维变得栩栩如生；然后祈求你的悲伤睡去，祈求悔恨的兄弟不要打碎其锁链。太晚了！一辆灵车滑到你的床边，"激情"与"感情"以人形出现在车中，而心中的一切则在眼中幻化成模糊的幽灵。这里有你最早的"悲哀"，一个年轻的苍白的哀悼者，具有一个与初恋相似的姐妹，那是一种哀绝的美，忧郁的脸上现出一种神圣的甜蜜，黑貂皮外衣中流露着典雅。接着出现的是被毁坏了的可爱的幽灵，金发中带着尘土，鲜艳的衣服都已褪色且破烂不堪，她低垂着头不时地偷看你一眼，像是怕受责备；她就是你多情而虚妄的"希望"；现在人们叫她"失望"。然后又出现了一个更严厉的影子，他双眉紧锁，表情和姿态中显示出铁样的权威；除了"灾难"，再无其他名字更适合于他，他是控制你命运的不祥之兆；他是个魔鬼，在生活的开端你也许会因犯了某些错误受制于他，而一旦屈从于他，你就会永远受他奴役。看哪！那些刻在黑暗中的凶残的脸，那因轻蔑而扭歪的唇，那只活动的眼中流露出的嘲弄，那尖尖的手指，触痛着你心中的疮疤！还记得某件即使躲在地球上最偏僻的山洞里你也会为之脸红的大蠢事吗？那么承认你的"羞耻。"

走开，这帮讨厌的家伙！对一个清醒而又极悲惨的人来说，没有被一群更凶残的家伙围住就算不错了。那群家伙是藏在一颗负罪的心中的魔鬼，而地狱就筑在那颗心中。假如"悔恨"以一个被伤害的朋友的面目出现会怎样？假如魔鬼穿着女人的衣裙，在罪恶和孤寂中带着一种苍白凄恻之美慢慢躺在你身边，又会怎样？假如他像具僵尸一样站在你的床脚，裹尸布上带着血迹，那又会怎样？没有这样的罪行，心灵的梦魇也就足够了，这灵魂沉沉的堕落；这心中寒冬般的阴郁；这脑海里模糊的恐惧与室内的黑暗融合在一起。

通过绝望的努力，你终于坐直了身子，从一种神智清醒的睡眠中挣扎出来，疯狂地盯着床的四周，仿佛除了你烦扰的心灵外，魔鬼们无处不在。同时，炉中昏昏欲睡的炉火发出一道光亮，把整个外间屋映得一片灰白，火光透过卧室的门摇曳不定，但却未能完全驱散室内的昏暗。我的双眼搜寻着任何能够提醒你有关这个活生生的世界的东西。你热切而细密地注意到炉旁的桌子，桌上的一本书，书页间一把象牙色的小刀，未折的书页，帽子及掉落的手套。很快，火焰就熄灭了，整个景象也随之消失，尽管当黑暗吞噬了现实时，其画面还片刻存留于你心灵的眼中。整个室内一如从前的模糊暗淡，但在你心中却已不再是相同的阴郁。当你的头又落回枕上的时候，你想（小声地说了出来），在这样的夜的孤寂感受一种比你的呼吸更轻柔的呼吸起落，一个更柔软的胸脯的轻轻触压，一颗更清洁的心灵静静的跳动，并把它的和平宁静传给你那烦扰的心灵，就如同一位多情的睡美人正在将你拖入她的黑甜乡，那是怎样的一种至乐呀！

她感染了你，尽管她只存在于那幅转瞬即逝的画面中。在梦与醒的边界，你深深陷入一片繁花似锦的地方，这时你的思想便走马灯般以图画的形式出现在眼前，彼此毫无关联，但却被一种弥漫着的喜悦和美好全部同化了。那些美丽的回忆在阳光下闪闪发光，不停地旋转飞舞，伴着教室门旁、老树下隐约闪现的斑驳树影中及乡间小路的角落里孩子们的欢笑。你在太阳雨中伫立，那是一场夏季阵雨，你在一片秋天的森林中阳光辉映下的树木间漫步，抬头仰望那道最灿烂明亮的彩虹，如一道弯弓架在尼亚加拉大瀑布在美国境内的那片完整的雪被子上。一位年轻人刚刚娶了新娘，幸福的喜悦正在洞房中跳荡，春天里鸟儿们在为它们新筑的巢兴奋地飞来飞去，不停地在鸣啭歌唱，而你的心却在跳动；灯光斑斓的舞厅中，当玫瑰花似的少女在她们最后的，最欢快的二者之间快乐地挣扎。封冻之前你感受到一只船欢快的在舞曲中旋转时，你发觉自己正盯视着她们极富韵律感的双脚；当大幕落下，遮住那优美活泼的一幕场景时，你发现自己正置身于一家拥挤不堪的剧院中灯火辉煌的二楼厅座。

你不情愿地开始抓住意识，通过在人的生活及现在已消逝的那一小时之间所做的模糊的比较，你证明自己处于半梦半醒之间。在这二者之中，你都是从神秘中出现，通过一种你能够产生却不能完全控制的变化，向上进入到另一神秘。现在远处的钟声又传了过来，声音越来越弱，而此时你却更深地陷入了梦中的旷野。这是为暂时的死亡而鸣响的丧钟。你的灵魂已经出发，像一个自由公民到处流浪，置身于朦胧世界的人群中，看到奇异的风景，却没有一丝惊异或沮丧。那最后的变化或许会如此平静，那灵魂通向永恒的家的入口处或许会如此毫无干扰，就像置身于熟识的事物之中！

（杨晓红 译）

安徒生

汉斯·克里斯蒂安·安徒生（1805—1875），丹麦著名童话家。
一生写有一百六十八篇童话和故事，被译为八十多种语言。他还写过三部自传。

※ 光荣的荆棘路

　　从前有一个古老的故事："光荣的荆棘路。一个叫做布鲁德的猎人得到了无
上的光荣和尊严，但是他却长时期遇到极大的困难和冒着生命的危险。"我们大
多数的人在小时已经听到过这个故事，可能后来还谈到过它，并且也想起自己没
有被人歌颂过的"荆棘路"和"极大的困难"。故事和真事没有什么很大的分界
线。不过故事在我们这个世界里经常有一个愉快的结尾，而真事常常在今生没有
结果，只好等到永恒的未来。

　　世界的历史像一个幻灯。它在现代的黑暗背景上，放映出明朗的片子，说明
那些造福人类的善人和天才的殉道者在怎样走着荆棘路。

　　这些光耀的图片把各个时代、各个国家都反映给我们看。每张片子只映几秒
钟，但是它却代表整个的一生——充满了斗争和胜利的一生。我们现在来看看这
些殉道者行列中的人吧——除非这个世界本身遭到灭亡，这个行列是永远没有穷
尽的。

我们现在来看看一个挤满了观众的圆形剧场吧。讽刺和幽默的语言像潮水一般地从阿里斯托芬的"云"喷射出来。雅典最了不起的一个人物，在人身和精神方面，都受到了舞台上的嘲笑。他是保护人民反抗三十个暴君的战士。他名叫苏格拉底，他在混战中救援了阿尔西比亚得和生诺风，他的天才超过了古代的神仙。他本人就在场。他从观众的凳子上站起来，走到前面去，让那些正在哄堂大笑的人可以看看，他本人和戏台上嘲笑的那个对象究竟有什么相同之点。他站在他们面前，高高地站在他们面前。

你，多汁的、绿色的毒胡萝卜，雅典的阴影不是橄榄树而是你！

七个城市国家在彼此争辩，都说荷马是在自己城里出生的——这也就是说，在荷马死了以后！请看看他活着的时候吧！他在这些城市里流浪，靠朗诵自己的诗篇过日子。他一想起明天的生活，他的头发就变得灰白起来。他，这个伟大的先知者，是一个孤独的瞎子。锐利的荆棘把这位诗中圣哲的衣服撕得稀烂。

但是他的歌仍然是活着的；通过这些歌，古代的英雄和神仙也获得了生命。

图画一幅接着一幅地从日出之国、日落之国现出来。这些国家在空间和时间方面彼此的距离很远，然而它们却有着同样的光荣的荆棘之路。生满了刺的蓟只有在它装饰着坟墓的时候，才开出第一朵花。

骆驼在棕榈树下面走过。它们满载着靛青和贵重的财宝。这些东西是这国家的君主送给一个人的礼物——这个人是人民的欢乐，是国家的光荣。嫉妒和毁谤逼得他不得不从这个国家逃走，只有现在人们才发现他。这个骆驼队现在快要走到他避乱的那个小镇。人们抬出一个可怜的尸体走出城门，骆驼队停下来了。这个死人就正是他们所要寻找的那个人：费尔杜西——光荣的荆棘之路在这儿告一结束！

在葡萄牙的京城里，在王宫的大理石台阶上，坐着一个圆面孔、厚嘴唇、黑头发的非洲黑人，他在向人求乞。他是加莫恩的忠实的奴隶。如果没有他和他求乞得到的许多铜板，他的主人——叙事诗"路西亚达"的作者——恐怕早就饿死了。

现在加莫恩的墓上立着一座贵重的纪念碑。

还是一幅图画！

铁栏杆后面站着一个人。他像死一样的惨白，长着一脸又长又乱的胡子。

"我发明了一件东西——一件许多世纪以来最伟大的发明，"他说。"但是人们却把我放在这里关了二十多年！”

“他是谁呢？”

“一个疯子！”疯人院的看守说。“这些疯子的怪想法才多呢！他相信人可以用蒸汽推动东西！”

这个名叫萨洛蒙·德·高斯，黎士留读不懂他的预言性的著作，因此他死在疯人院里。

现在哥伦布出现了。街上的野孩子常常跟在他后面讥笑他，因为他想发现一个新世界——而且他也就居然发现了。欢乐的钟声迎接他的胜利的归来，但嫉妒的钟声敲得比这还要响亮。他，这个发现新大陆的人，这个把美洲黄金的土地从海里捞起来的人，这个把一切贡献给他的国王的人，所得到的报酬是一条铁链。他希望把这条链子放在他的棺材上，让世人可以看到他的时代所给予他的评价。

图画一幅接着一幅的出现，光荣的荆棘之路真是没有尽头。

在黑暗中坐着一个人，他要量出月亮离山岳的高度。他探索星球与行星之间的太空。他这个巨人懂得大自然的规律。他能感觉到地球在他的脚下转动。这个人就是伽利略。年迈的他，又聋又瞎，坐在那儿，在尖锐的苦痛中和人间的轻视中挣扎。他几乎没有气力提起他的一双脚：当人们不相信真理的时候，他在灵魂的极度痛苦中曾经在地上踩着这双脚，高呼道：“但是地在转动呀！”

这儿有一个女子，她有一颗孩子的心，但是这颗心充满了热情和信念。她在一个战斗的部队前面高举着旗帜；她为她的祖国带来胜利和解放。空中起了一片狂乐的声音，于是柴堆烧起来了：大家在烧死一个巫婆——冉·达克。是的，在接着的一个世纪中人们唾弃这朵纯洁的百合花，但智慧的鬼才伏尔泰却歌颂“拉·比塞尔”。

在微堡的宫殿里，丹麦的贵族烧毁了国王的法律。火焰升起来，把这个立法者和他的时代都照亮了，同时也向那个黑暗的囚楼送进一点彩霞。他的头发斑白，腰也弯了；他坐在那儿，用手指在石桌上刻出许多线条。他曾经统治过三个王国。他是一个民众爱戴的国王；他是市民和农民的朋友：克利斯仙二世。他是一个莽撞时代的一个有性格的莽撞人。敌人写下他的历史。我们一方面不忘记他的血腥的罪过。一方面也要记住：他被囚禁了二十一年。

有一艘船从丹麦开出去了。船上有一个人倚着桅杆站着，向汶岛作最后的一瞥。他是杜却·布拉赫。他把丹麦的名字提升到星球上去，但他所得到的报酬是讥笑和伤害。他跑到国外去。他说："处处都有天，我还要求什么别的东西呢？"他走了；我们这位最有声望的人在国外得到了尊荣和自由。

"啊，解脱！只愿我身体中不可忍受的痛苦能够得到解脱！"好几世纪以来我们就听到这个声音。这是一张什么画片呢？这是格里芬菲尔德——丹麦的普洛米修士——被铁链锁在木克荷尔姆石岛上的一幅图画。

我们现在来到美洲，来到一条大河的旁边。有一群人集拢来，据说有一艘船可以在坏天气中逆风行驶，在为它本身具有抗拒风雨的力量。那个相信能够做到这件事的人名叫罗伯特·富尔登。他的船开始航行。但是它忽然停下来了。观众大笑起来，并且还"嘘"起来——连他自己的父亲也跟大家一起"嘘"起来：

"自高自大！糊涂透顶！他现在得到了报应！应该把这个疯子关起来才对！"

一根小钉子摇断了——刚才机器不能动就是因了它的缘故。转子转动起来了，轮翼在水中向前推地，船在开行；蒸汽机的杠杆把世界各国间的距离从钟头缩短成为分秒。

人类啊，当灵魂懂得了它的使命以后，你能体会到在这清醒的片刻中所感到的幸福吗？在这片刻中，你在光荣的荆棘路上所得到的一切创伤——即使是你自己所造成的——也会痊愈，恢复健康、力量和愉快；噪音变成谐声；人们可以在一个人身上看到上帝的仁慈，而这仁慈通过一个人普及到大众。

光荣的荆棘之路看起来像环绕着地球的一条灿烂的光带。只有幸运的人才被送到这条带上行走，才被指定为建筑那座连接上帝与人间的桥梁的、没有薪水的总工程师。

历史拍着它强大的翅膀，飞过许多世纪，同时在光荣的荆棘路的这个黑暗背景上，映出许多明朗的图画，来鼓起我们的勇气，给予我们安慰，促进我们内心的平安。这条光荣的荆棘之路，跟童话不同，并不在这个人世间走到一个辉煌和快乐的终点，但是它却超越时代，走向永恒。

（叶君健 译）

朗费罗

亨利·沃兹沃思·朗费罗（1807—1882），美国十九世纪早期抒情诗人。
《夜吟》《民谣及其他的诗》《路边客栈的故事》等集子收入了他的抒情诗。

※ 人生颂

年轻人的心对歌者说的话，

不要在哀伤的诗句里告诉我：

"人生不过是一场幻梦！"

灵魂睡着了，就等于死了，

事物的真相与外表不同。

人生是真切的！人生是实在的！

它的归宿绝不是荒坟；

"你本是尘土，必归于尘土"，

这是指躯壳，不是指灵魂。

我们命定的目标和道路

不是享乐，也不是受苦；

而是行动，在每个明天

都超越今天，跨出新步。

智艺无穷，时光飞逝；

这颗心，纵然勇敢坚强，

也只如鼙鼓，闷声擂动着，

一下又一下，向坟地送丧。

世界是一片辽阔的战场，

人生是到处扎寨安营；

莫学那听人驱策的哑畜，

做一个威武善战的英雄！

别指靠将来，不管它多可爱！

把已逝的过去永久掩埋！

行动吧——趁着活生生的现在！

胸中有赤心，头上有真宰！

伟人的生平启示我们：

我们能够生活得高尚，

而当告别人世的时候，

留下脚印在时间的沙上；

也许我们有一个弟兄

航行在庄严的人生大海，

遇险沉了船，绝望的时刻，

会看到这脚印而振作起来。

那么，让我们起来干吧，

对任何命运要敢于担待；

不断地进取，不断地追求，

要善于劳动，善于等待。

（杨德豫 译）

梭罗

亨利·大卫·梭罗（1817—1862），美国散文作家和诗人，超验主义代表人物。
经典之作《瓦尔登湖》，论文《论公民的不服从》。

※ 寂寞

这是一个愉快的傍晚，全身只有一个感觉，每一个毛孔中浸润着喜悦。我在大自然里以奇异的自由姿态来去，成了她自己的一部分。我只穿衬衫，沿着硬石的湖岸走，天气虽然寒冷，多云又多风，也没有特别分心的事，那时天气对我异常地合适。牛蛙鸣叫，邀来黑夜，夜莺的乐音乘着吹起涟漪的风从湖上传来。摇曳的赤杨和白杨，激起我的情感使我几乎不能呼吸了；然而像湖水一样，我的宁静只有涟漪而没有激荡。和如镜的湖面一样，晚风吹起来的微波是谈不上什么风暴的。虽然天色黑了，风还在森林中吹着，咆哮着，波浪还在拍岸，某一些动物还在用它们的乐音催眠着另外的那些，宁静不可能是绝对的。最凶狠的野兽并没有宁静，现在正找寻它们的牺牲品；狐狸，臭鼬，兔子，也正漫游在原野上，在森林中，它们却没有恐惧，它们是大自然的看守者——是连接一个个生气勃勃的白昼的链环。

等我回到家里，发现已有访客来过，他们还留下了名片呢，不是一束花，便是一个常春树的花环，或用铅笔写在黄色的胡桃叶或者木片上的一个名字。不常进入森林的人常把森林中的小玩意儿一路上拿在手里玩，有时故意，有时偶然，把它们留下了。有一位剥下了柳树皮，做成一个戒指，丢在我桌上。在我出门时有没有客人来过，我总能知道，不是树枝或青草弯了，便是有了鞋印，一般说，从他们留下的微小痕迹里我还可以猜出他们的年龄、性别和性格；有的掉下了花朵，有的抓来一把草，又扔掉，甚至还有一直带到半英里外的铁路边才扔下的呢；有时，雪茄烟或烟斗味道还残留不散。常常我还能从烟斗的香味注意到六十杆之外公路上行经的一个旅行者。

我们周围的空间该说是很大的了。我们不能一探手就触及地平线。蓊郁的森林或湖沼并不就在我的门口，中间总还有着一块我们熟悉而且由我们使用的空地，多少整理过了，还围了点篱笆，他仿佛是被从大自然的手里夺取得来的。为了什么理由，我要有这么大的范围和规模，好多平方英里的没有人迹的森林，遭人类遗弃而为我所私有了呢？最接近我的邻居在一英里之外，看不到什么房子，除非登上那半里之外的小山山顶去瞭望，才能望见一点儿房屋。我的地平线全给森林包围起来，专供我自个享受，极目远望只能望见那在湖的一端经过的铁路和在湖的另一端沿着山林的公路边上的篱笆。大体说来，我居住的地方，寂寞得跟生活在大草原上一样。在这里离新英格兰也像离亚洲和非洲一样遥远。可以说，我有我自己的太阳、月亮和星星，我有一个完全属于我自己的小世界。从没有一个人在晚上经过我的屋子，或叩我的门，我仿佛是人类中的第一个人或最后一个人；除非在春天里，隔了很长久的时候，有人从村里来钓鳘鱼——在瓦尔登湖中，很显然他们能钓的只是他们自己的多种多样的性格，而钩子只能钩到黑夜而已——他们立刻都撤走了，常常是鱼婆很轻地撤退的，又把"世界留给黑夜和我"，而黑夜的核心是从没有被任何人类的邻舍污染过的。我相信，人们通常还都有点儿害怕黑暗，虽然妖巫都给吊死了，基督教和蜡烛火也都已经介绍过来。

然而我有时经历到，在大自然的任何事物中，都能找到最甜蜜温柔，最天真和鼓舞人的伴侣，即使是对于愤世嫉俗的可怜人和最忧悒的人也一样。只要生活在大自然之间而还有五官的话，便不可能有很阴郁的忧虑。对于健全而无邪的耳朵，暴风雨还只是伊奥勒斯的音乐呢。什么也不能正当地迫使单纯而勇敢的人产生庸俗的伤感。当我享受着四季的友爱时，我相信，任凭什么也不能使生活成为我沉重的负担。今天佳雨洒在我的豆子上，使我在屋里待了整天，这雨既不使我沮丧，也不使我抑郁，对于我可还是好的呢。虽然它使我不能够锄地，但比我锄地更有价值。如果雨下得太久，使地里的种子，低地的土豆烂掉，它对高地的草还是有好处的，既然它对高地的草很好，它对我也是很好的。有时，我把自己和别人作比较，好像我比别人更得诸神的爱，比我应得的似乎还多呢；好像我有一张证书和保单在他们手上，别人却没有，因此我受到了特别的引导和保护。我并没有自称自赞，可是如果可能的话，倒是他们称赞了我。我从不觉得寂寞，也一点不受寂寞之感的压迫，只有一次，在我进了森林数星期后，我怀疑了一个小时，不知宁静而健康的生活是否应当有些近邻，独处似乎不很愉快。同时，我却觉得我的情绪有些失常了，但我似乎也预知我会恢复到正常的。当这些思想占据我的时候，温和的雨丝飘洒下来，我突然感觉到能跟大自然做伴是如此甜蜜如此受惠，就在这滴答滴答的雨声中，我屋子周围的每一个声音和景象都有着无穷尽无边际的友爱，一个子这个支持我的气氛把我想象中的有邻居方便一点的思潮压下去了，从此之后，我就没有再想到过邻居这回事。每一枝小小松针都富于同情心地涨大起来，成了我的朋友。我明显地感到这里存在着我的同类，虽然我是在一般所谓凄惨荒凉的处境中，然则那最接近于我的血统，并最富于人性的却并不是一个人或一个村民，从今以后再也不会有什么地方会使我觉得陌生的了。

"不合宜的哀恸销蚀悲哀，在生者的大地上，他们的日子很短，托斯卡尔的美丽的女儿啊！"

我的最愉快的若干时光在于春秋两季长时间的暴风雨当中，这弄得我上午和下午都被禁闭在室内，只有不停止的大雨和咆哮安慰着我；我从微明的早起就进入了漫长的黄昏，其间有许多思想扎下了根，并发展了它们自己。在那种来自东北的倾盆大雨中，村中那些房屋都受到了考验，女佣人都已经拎了水桶和拖把，在大门口阻止洪水侵入，我坐在我小屋子的门后，只有这一道门，却很欣赏它给予我的保护。在一次雷阵雨中，曾有一道闪电击中湖对岸的一株苍松，从上到下，划出一个一英寸，或者不止一英寸深，四五英寸宽，很明显的螺旋形的深槽，就好像你在一根手杖上刻的槽一样。那天我又经过了它，一抬头看到这一个痕迹，真是惊叹不已，那是八年以前，一个可怕的、不可抗拒的雷霆留下的痕迹，现在却比以前更为清晰。

人们常常对我说，"我想你在那儿住着，一定很寂寞，总是想要跟人们接近一下的吧，特别在下雨下雪的日子和夜晚。"我喉咙痒痒的直想这样回答——我们居住的整个地球，在宇宙之中不过是一个小点。那边一颗星星，我们的天文仪器还无法测量出它有多么大呢，你想想它上面的两个相距最远的居民又能有多远的距离呢？我怎么会觉得寂寞呢？我们的地球难道不在银河之中？在我看来，我提出的似乎是最不重要的问题。怎样一种空间才能把人和人群隔开而使人感到寂寞呢？我已经发现了，两条腿无论怎样努力也不能使两颗心灵更加接近。我们最愿意和谁紧邻而居呢？人并不是都喜欢车站哪，邮局哪，酒吧间哪，会场哪，学校哪，杂货店哪，烽火山哪，五点山哪，虽然在那里人们常常相聚，人们倒是更愿意接近那生命的不歇之源泉的大自然，在我们的经验中，我们时常感到有这么个需要，好像水边的杨柳，一定向着有水的方向伸展它的根。人的性格不同，所以需要也很不相同，可是一个聪明人必须在不竭之源泉的大自然那里挖掘他的地窖……有一个晚上在走向瓦尔登湖的路上，我赶上了一个市民同胞，他已经积蓄了所谓的"一笔很可观的产业"，虽然我从没有好好地看到过它，那晚上他赶着一对牛上市场去，他问我，我是怎么想出来的，宁肯抛弃这么多人生的乐趣？我回答说，我确信我很喜欢我这样的生活；我不是开玩笑。便这样，我回家，上床睡了，让他在黑夜泥泞之中走路走到布赖顿去——或者说，走到光亮城里去——大概要到天亮的时候才能走到那里。

对一个死者说来，任何觉醒的，或者复活的景象，都使一切时间与地点变得无足轻重。可能发生这种情形的地方都是一样的，对我们的感官是有不可言喻的欢乐。可是我们大部分人只让外表上的、很短暂的事情成为我们所从事的工作。事实上，这些是使我们分心的原因。最接近万物的乃是创造一切的一股力量。其次靠近我们的宇宙法则在不停地发生作用。再次靠近我们的，不是我们雇佣的匠人，虽然我们欢喜和他们谈谈说说，而是那个大匠，我们自己就是他创造的作品。

"神鬼之为德，其盛矣乎。"

"视之而弗见，听之而弗闻，体物而不可遗。"

"使天下之人，斋明盛服，以承祭祀，洋洋乎，如在其上，如在其左右。"

我们是一个实验的材料，但我对这个实验很感兴趣。在这样的情况下，难道我们不能够有一会儿离开我们的充满了是非的社会——只让我们自己的思想来鼓舞我们？孔子说得好，"德不孤，必有邻。"

有了思想，我们可以在清醒的状态下，欢喜若狂。只要我们的心灵有意识地努力，我们就可以高高地超乎任何行为及其后果之上；一切好事坏事，就像奔流一样，从我们身边经过。我们并不完全是纠缠不清在大自然之内的。我可以是急流中一片浮木，也可以是从空中望着下面的因陀罗（吠陀神话中的大神，用雷电和雨战胜敌人。）看戏很可能感动了我；而另一方面，和我生命更加攸关的事件却可能感动不了我。我只知道我自己是作为一个人而存在的；可以说我是反映我思想感情的一个舞台面，我多少有着双重人格，因此我能够远远地看自己犹如看别人一样。不论我有如何强烈的经验，我总能意识到我的一部分在从旁批评我，好像它不是我的一部分，只是一个旁观者，并不分担我的经验，而是注意到它：正如他并不是你，他也不能是我。等到人生的戏演完，很可能是出悲剧，观众就各自走了。关于这第二重人格，这自然是虚构的，只是想象力的创造。但有时这双重人格很容易使别人难于和我们做邻居，交朋友了。

大部分时间内，我觉得寂寞是有益于健康的。有了伴儿，即使是最好的伴儿，不久也要厌倦，弄得很糟糕。我爱孤独。我没有碰到比寂寞更好的同伴了。到国外去侧身于人群之中，大概比独处室内，格外寂寞。一个在思想着在工作着的人总是单独的，让他爱在哪儿就在哪儿吧，寂寞不能以一个人离开他的同伴的里数来计算。真正勤学的学生，在剑桥大学最拥挤的蜂房内，寂寞得像沙漠上的一个托钵僧一样。农夫可以一整天，独个儿地在田地上，在森林中工作，耕地或砍伐，却不觉得寂寞，因为他有工作；可是到了晚上，他回到家里，却不能独自在室内沉思，而必须到"看得见他的家里人"的地方去消遣一下，照他的想法，是用以补偿他一天的寂寞；因此他很奇怪，为什么学生们能整日整夜坐在室内不觉得无聊与"忧郁"；可是他不明白虽然学生在室内，却与在他的田地上工作；在他的森林中采伐，像农夫在田地或森林中一样，过后学生也要找消遣，也要社交，尽管那形式可能更加凝练些。

社交往往廉价。相聚的时间之短促，来不及使彼此获得任何新的有价值的东西。我们在每日三餐的时间里相见，大家重新尝尝我们这种陈腐乳酪的味道。我们都必须同意若干条规则，那就是所谓的礼节和礼貌，使得这种经常的聚首能相安无事，避免公开争吵，以致面红耳赤。我们相会于邮局，于社交场所，每晚在炉火边；我们生活得太拥挤，互相干扰，彼此牵绊，因此我想，彼此已缺乏敬意了。当然，所有重要而热忱的聚会，次数少一点也够了。试想工厂中的女工——永远不能独自生活，甚至做梦也难于孤独。如果一英里只住一个人，像我这儿，那要好得多。人的价值并不在他的皮肤上，所以我们不必要去碰皮肤。

我曾听说过，有人迷路在森林里，倒在一棵树下，饿得慌，又累得要命，由于体力不济，病态的想象力让他看到了周围有许多奇怪的幻象，他以为它们都是真的。同样，在身体和灵魂都很健康有力地时候，我们可以不断地从类似的，但更正常、更自然的社会得到鼓舞，从而发现我们是不寂寞的。

我在我的房屋中有许多伴侣，特别在早上还没有人来访问我的时候。让我来举几个比喻，或能传达出我的某些状况。我并不比湖中高声大笑的潜水鸟更孤独，我并不比瓦尔登湖更寂寞。我倒要问问这孤独的湖有谁做伴？然而在它的蔚蓝的水波上，却有着不是蓝色的魔鬼，而是蓝色的天使呢。太阳是寂寞的，除非乌云满天，有时候就好像有两个太阳，但那一个是假的。上帝是孤独的——可是魔鬼就绝不孤独；他看到许多伙伴；他是要结成帮的。我并不比一朵毛蕊花或牧场上的一朵蒲公英寂寞，我不比一张豆叶，一枝酢酱草，或一只马蝇，或一只大黄蜂更孤独。我不比密尔溪，或一只风信鸡，或北极星，或南风更寂寞，我不比四月的雨或正月的融雪，或新屋中的第一只蜘蛛更孤独。

在冬天的长夜里，雪狂飘，风在森林中号叫的时候，一个老年的移民，原先的主人，不时来拜访我，据说瓦尔登湖还是他挖了出来，铺了石子，沿湖种了松树的；他告诉我旧时的和新近的永恒的故事；我们俩这样过了一个愉快的夜晚；充满了交际的喜悦，交换了对事物的惬意的意见，虽然没有苹果或苹果酒——这个最聪明而幽默的朋友啊，我真喜欢他，他比谷菲或华莱知道更多的秘密；虽然人们说他已经死了，却没有人指出过他的坟墓在哪里。还有一个老太太，也住在我的附近，大部分人根本看不见她，我却有时候很高兴到她的芳香的百草园中去散步，采集药草，又倾听她的寓言；因为她有无比丰富的创造力，她的记忆一直追溯到神话以前的时代，她可以把每一个寓言的起源告诉我，哪一个寓言是根据了哪一个事实而来的，因为这些事都发生在她年轻的时候。一个红润的、精壮的老太太，不论什么天气、什么季节她都兴致勃勃，看样子要比她的孩子活得还长久。

太阳，风雨，夏天，冬天——大自然的不可描写的纯洁和恩惠，他们永远提供这么多的康健，这么多的欢乐！对我们人类这样地同情，如果有人为了正当的原因悲痛，那大自然也会受到感动，太阳黯淡了，风像活人一样悲叹，云端里落下泪雨，树木到仲夏脱下叶子，披上丧服。难道我不该与土地息息相通吗？我自己不也是一部分绿叶与青菜的泥土吗？

是什么药使我们健全、宁静、满足的呢？不是你我的曾祖父的，而是我们的大自然曾祖母的，全宇宙的蔬菜和植物的补品，她自己也靠它而永远年轻，活得比许多的老伴儿们更长久，用他们的衰败的肥胖更增添了她的康健。不是那种江湖医生配方的用冥河水和死海海水混合的药水，装在有时我们看到过装瓶子用的那种浅长形黑色船状车子上的药瓶子里，那不是我的万灵妙药：还是让我来喝一口纯净的黎明空气。黎明的空气啊！如果人们不愿意在每日之源喝这泉水，那么，啊！我们必须把它们装在瓶子内，放在店里，卖给世上那些失去黎明预订券的人们。可是记着，它能冷藏在地窖下，一直保持到正午，但要在那以前很久就打开瓶塞，跟随曙光的脚步西行。我并不崇拜那司健康之女神，她是爱斯库拉彼斯这古老的草药医师的女儿，在纪念碑上，她一手拿了一条蛇，另一只手拿了一个杯子，而蛇时常喝杯中的水；我宁可崇拜古希腊神话中的大神朱庇特的执杯者希勃，这青春的女神，为诸神司酒行觞，她是朱诺和野生莴苣的女儿，能使神仙和人返老还童。她也许是地球上出现过的最健康、最强壮、身体最好的少女，无论她到哪里，那里便成了春天。

（徐迟 译）

屠格涅夫

伊凡·谢尔盖耶维奇·屠格涅夫（1818—1883），俄国19世纪批判现实主义作家，
代表作品为《父与子》，其他重要作品有随笔《猎人笔记》、
长篇小说《罗亭》《贵族之家》等。

※ 玛莎

　　那是多年以前的事了，其时我在彼得堡住过一阵子，每当我雇一辆出租马车赶路，总要和车夫聊天。

　　我特别喜欢和夜间赶车的车夫聊天，他们都是近郊的贫苦农民。他们想让自己糊口，同时又能攒点钱向老爷交租，便带上一副涂成赭色的雪橇，驾一匹驽马来到京都。

有一次我就雇上了这样一个车夫……他是个二十岁上下的小伙子，身材高大，体态匀称，样子帅极了。蓝蓝的眼睛，红润的面颊，一顶打补丁的帽子低低地压到眉毛上，帽檐下露出一圈圈鬈曲的淡褐色头发。那件破粗呢上衣勉强能套住他巨人般的双肩。

但是车夫没有胡须的漂亮脸蛋看上去却满面愁容、闷闷不乐。

我便和他聊开了。从他的话音听得出他的满腔悲伤。

"怎么啦，兄弟？"我问他，"你为什么闷闷不乐？难道有什么伤心事？"

小伙子没有立刻回答我。

"有哇，老爷，有哇，"他终于开口了，"而且伤心透了，没有比这再伤心的了。我老婆死了。"

"你爱她……你的妻子？"

小伙子没有回过头来看我，只不过微微低下了头。

"爱啊，老爷。死了有八个月了……可我忘不了。我心里疼啊……唉！为什么要叫她死？年纪轻轻！身体又好！……害上霍乱一天之内就送了命。"

"她待你好吗？"

"还用说，老爷！"可怜人深深地叹了口气，"我和她日子过得有多甜美！她死的时候我不在家。等我在这里得知她已经被埋了，我马上就赶回村往家里跑。我赶到，已过了半夜。我走进自家的茅屋，站在屋子中央，就这样轻轻地呼唤：'玛莎！玛莎！'只有蛐蛐在唧唧叫个不停。我马上哭起来，一屁股坐在茅屋的地上，手掌拍打着地面！'你这贪心不足的死神！……是你把她吃了……你把我也吃了吧！啊，玛莎！'"

"玛莎！"他突然用垂头丧气的声音又呼唤了一声。他没有放掉手里握的缰绳，用袖子擦了把泪水，向旁边一挥，耸了耸肩，就再也没有吭声。

爬下雪橇时我多给了他十五戈比的硬币。他双手捧着帽子深深地向我一鞠躬，然后沿着冰封雪盖、空旷无人的街道，迎着一月份严寒的茫茫夜雾，踏着碎步摇摇晃晃地走了。

1878年4月

※ 基督

我看见自己是个少年，几乎是个孩子，在乡间一所低矮的教堂里。古老的圣像前，燃着一根根细细的蜡烛，犹如一个个小红点。

每一个小小的烛焰外围都是一个彩虹般的光环。教堂里一片昏暗，混沌不清……但我面前站着的人却很多。

一眼看去都是淡褐色的庄稼人的脑袋。有时这些脑袋摇晃起来，低下去又仰起来，仿佛夏季微风吹拂下起伏不定的麦穗。

突然有一个人从后面走近前来，在我身边站定了。

我没有转过头去看他——但是立刻就觉得这个人就是基督。

感到好奇、惊恐，一下子控制了我的情绪。我努力保持镇静……看了看身边的人。

他的脸和大家的脸一样，就像所有人的面孔。他的眼睛稍稍上抬，专注而安详。嘴唇闭着，但闭得不紧，上唇似乎斜盖在下唇上。一撮胡子分成了两半。两臂下垂，一动也不动。连身上的衣服也和大伙的一样。

"这哪会是基督啊！"我忖道，"这么一个普通而又平常的人！不会是他！"

我转眼向别处望去。但是还没有等我将目光从那个普通人身上移开，我又觉得我旁边站着的人正是基督。

我又努力控制住自己……又看见了那张和所有人的脸相似的面孔，那些虽然并不熟悉却很平常的容貌特征。

猛然间我感到一阵恐惧——我恢复了常态。只在这时我才明白，正是那样一张脸——和所有人脸相似的那张脸，才是基督的脸。

1878年12月

※ 咱们再较量一番！

有时多么微不足道的一件小事会改变整个人！

一次我脑子里浮想联翩，在一条大路上行走。

窒闷的预感压抑着我的胸口；一种沮丧的情绪左右着我。

我抬头看去……我的前方，两行高高的白杨树之间，大路似箭一般伸向远方。

离我十步远的地方，整整一窝麻雀跳跳蹦蹦地鱼贯而行，正从这条路上横越而过；它们闹闹嚷嚷、欢天喜地、充满自信，在明亮夏日的映照下显得金光灿灿！

尤其是其中的一只，一直横着身子挤呀挤，嗉囊鼓得大大的，放肆地叽叽叫个不停，一副天不怕地不怕的样子！简直就像一个占领者！

与此同时高高的天空有一只鹞鹰正在盘旋，也许正是这位占领者注定要做它的美餐。

我看了一会，大笑起来，精神为之一振——于是忧郁的心绪顿时烟消云散：我感觉到的是大胆、勇敢、生的乐趣。

但愿我的头顶也盘旋着我的鹞鹰……

"咱们再较量一番，见鬼去吧！"

1879年11月

※ 我们还要战斗下去！

某一件微不足道的小事，有时也可能改变整个一个人！

有一次，我满心有所沉思地沿着大路走。

苦痛的预感紧压着我的心胸；我完全充满了忧郁的心情。

我抬起头来……在我的前面，在两行高高的白杨树中间，一条大路像箭一样在伸向远方。

穿过它，穿过这条大路，在距离我有十步远的地方，全被明亮的夏天的太阳照成了黄色，一大窝的麻雀一个跟一个地在跳跃着，它们在活泼地、开心地、过于自信地跳跃着。

特别是其中有一只，挺起胸脯，大胆地吱吱叫着，侧着身子，侧着身子使劲地在独脚跳跃着，就好像天不怕地不怕似的！这简直是个征服者！

可是这时在高高的天空里，盘旋着一只鹞鹰，也许，它是命中注定了要来吞掉这只征服者的。

我看着，我笑了起来，精神为之一振——忧郁的思想顿即飞逝了：我感到了胆量、勇气和生活的向往。

任我的鹞鹰在我的头顶上盘旋吧……

"我们还要战斗下去，让一切都见鬼去吧！"

1879年11月

（戈宝权 译）

※ 祈祷

无论一个人祈祷什么，他祈求的总是奇迹。任何一种祈祷都可归结为下面这种意思："伟大的主啊，请别让二乘以二等于四吧！"

唯有这样的祈祷才是真正的祈祷——即人对人的祈祷。向无所不在的神灵祈祷，向至高无上的存在祈祷，向康德、黑格尔那种净化、无形的上帝祈祷，不可能也难以想象。

但是即使是个别的、活生生的、有形的神，能做到二乘以二不等于四吗？

任何一个信徒必须回答：能！而且必须说服自己相信这一点。

但是如果理智起来反对这样的无稽之谈呢？

这时莎士比亚会来助他一臂之力："世间有许多事，霍拉旭朋友……"等。

可是假如有人为了真理而提出异议——他应当重复一个著名的问题："什么是真理？"

因此，让我们饮酒，纵乐和祈祷吧。

1881年6月

罗斯金

约翰·罗斯金（1819—1900），英国作家、批评家。

他的有关艺术问题重要作品有《现代画家》《建筑的七盏灯》《威尼斯之石》等。

其他代表作有《时至今日》《芝麻与百合》《野橄榄花冠》《劳动者的力量》和《经济学释义》等。

※ 两条道路

在新年之夜，一位上了年纪的人伫立在窗前。他抬起充满哀伤的眼睛，仰望着深蓝色的天空，星星在那里游移着，如同朵朵百合散落在清澈而平静的湖面上。接着他把目光投向地面，看到几个比他更加绝望的人正走向他们的终点——坟墓。在通往人生终点的道路上，他已经走过了六十个驿站，除了过失和悔恨之外，他一无所获。现在，他健康欠佳，精神空虚，心情忧郁，缺少晚年应有的舒适和安逸。

年轻时的时光如梦幻般浮现在他眼前，他回想起父亲将他放在人生道路的入口处时那个关键的时刻。当时，摆在他面前的有两条道路：一条通向和平宁静、阳光灿烂的地方，那里充满花果，回荡着柔和甜美的歌声；另一条则通向黑暗无底的深渊，那里流淌着毒汁而非清水，恶魔肆虐，毒蛇横行。

他仰望着天空，痛苦地叫喊："啊，青春，请回来吧！啊，父亲，请把我重新放到人生道路的起点上吧，我将会做出更好的选择。"然而父亲和他的青春都已离他远去。

他看着灯光被黑暗吞没，那就是他虚度的时光；他看见一颗星星从空中陨落、消逝，那正是他自身的写照，悔恨如同利剑深深刺进他的心脏。然后，他回想起儿时的朋友，他们曾与他一同踏上人生的旅程，现在已走在成功的道路上，受到人们的尊敬，此时正沉浸在欢度新年的幸福中。

教堂高塔上的钟声敲响了，这让他回忆起父母早年对他的爱，他们曾给予他谆谆教诲，曾为他的幸福向上帝祈祷。但他偏偏选择人生的歧途。羞愧和忧伤使他再也不敢正视他父亲所在的天堂。他双眼无神，饱含着泪水，在绝望中，他奋力高喊："回来吧，我那逝去的岁月！回来吧！"

他的青春真的回来了，因为上面所发生的一切只不过是他在新年所做的一场梦。他依然年轻，当然他也曾真的犯过错误，但还不至于堕入黑暗深渊，他仍然可以自由地走在通向宁静和光明的道路上。

正在人生路口徘徊，正在犹豫是否要选择光明大道的年轻人啊，你们一定要记住：当你青春已逝，在黑暗的群山中举步维艰、跌跌撞撞的时候，你才会痛心疾首、徒劳无功地呼喊："啊，回来吧，青春！啊，把我美好的年华还给我吧！"

惠特曼

惠特曼（1819—1892），美国著名诗人，主要诗集为《草叶集》。
他的诗作对美国和欧洲自由诗的发展有很大影响。

※ 夜深人静之时

我又一次从黑暗中醒来，无须看表我也知道离天明还早。辗转反侧，往日的
懊恼袭上心头，扰得人心烦意乱。我注视着天花板上车灯闪过时射进的光亮，倾
听着这年久失修的旧屋吱吱嘎嘎的声响，我已睡意全无，索性穿衣起来，走到窗
前。街灯在黑暗中闪着柔和的光，在地面上勾画出了道道轮廓。一座座房屋掩映
了那些正在酣睡的近郊。整个世界万籁俱寂。仰望星空，那远在苍穹的星星似乎

在闪烁跳动。此时我感到已洞察了整个世界。

在宁静中我的孤寂感慢慢消失了。

夜晚的美丽和宁静令人陶醉。天地间的一切都变得如此雄伟，天地相接如此紧密！一种久远而又永恒的美感出现了。

夜晚是人们睡觉、做梦、情爱的时候，又是犯罪、孤独、恐惧之时。从某种意义上来说，夜晚具有不同的场面，可谓丰富多彩。当我们进入那神秘莫测的寂静夜晚时，有时良知会令人做出某种改变。

首先到来的是暮色苍茫的傍晚，它是白天与夜晚的相交点。白日的余光在消散，夕阳西下，燃起一片晚霞。微光闪烁，太阳似乎迟迟不愿离去。但是夜幕已首先在山谷和树林中降临。

最后，白天的最后一丝光亮也消失了。

在暮色中，可听到火车的汽笛声，可这在白天人们却是难以意识到的。街灯亮了，这是与人为友、陪伴人们度过黑夜的街灯。很快星星就会在那似乎低垂的天际出现，看上去仅在树梢之上。一轮明月升起。家家户户灯火通明。邻居们慈爱地带着孩子走进屋去。暮色轻轻地抚摸着大地，太阳放出的热量渐渐消失，时间似乎也变得缓慢。当暮色吞噬了一切的时候，夜晚把我们带到了另一个世界。

夜晚也是人们相互交往之时。当人们进入各自的小天地时，人们可以相聚一起，谈天说地。

父母下班归来，饱享着家庭的温暖。在冬天的夜晚，大人们坐在炉火前，孩子们舒适地躺在床上。熄灯前，孩子们知道，有妈妈陪伴在身边。

在乡村，月色使白雪覆盖的大地和山村变换了色彩。农舍都已关闭。鸡也都安静下来。在夜晚，只有少数人随意地出来散步。一切都是那样普通自然。散步者不会见到任何惊奇之事。一个常在夜晚悠然慢步者亨利·大卫写道："静坐在小山顶上，似乎在期待着什么。望着夜空，有时会想到也许天会掉下来，我能抓到什么东西。"夜晚，当我漫步在童年时的小山村时，也会产生此种怪异的念头。

城市的夜晚是快乐的。但危险和暴力却时有发生。阳光被那些令人眼花缭乱的灯光所取代。影剧院门前的霓虹灯色彩缤纷。城市的欢娱达到狂热的程度。但与此同时，戏剧、芭蕾舞仍给人带来美的享受。也有一些人围着餐桌既享用着美味佳肴，又愉快地交谈着。

这一切都是进入寂静的前奏曲。当整个世界安静下来的时候，家家户户熄了灯，温度下降，夜色变浓。当午夜的钟声敲过时，也许仍有人在外，但绝大多数人都已进入梦乡，屈服于那神秘莫测的黑夜。一切都按其自然的规律，黑夜是人类难以控制的。

夜晚使人的自卫能力降低了。独处黑暗中，会觉得分外的孤独。人们从一开始对黑暗就会产生莫名的恐惧。记得孩提时由于居住拥挤，我睡在父亲的书房里，晚上借着窗外射进的月光，父亲挂在门外的黑色传教服变成了怪物。桌上的字典也似妖怪。即使现已长大成人，昔日所见的那些鬼怪、邪恶还会困扰你。白天繁忙的琐事会驱散一切，当夜幕降临时，你会觉得孤立无援，一筹莫展。

人毕竟要睡觉，无论你怎样设法控制不睡，但最终眼皮还是会不由自主地闭上。这是任何人难以抵御的。

人一旦睡觉就会做梦，人们几乎一直想探索出睡眠的奥秘。人为什么会做梦？梦意味着什么？科学家对此也所知甚微。但至少梦有时会通向自我发现之路。

在我的生活中经常有这样的事：梦境给我的启示比我一个月所学甚多。例如有一次，在睡梦中似乎有一种异口同声的声音轻柔地对我说："记住要与人为善。"第二天，当我遇事只考虑自己而不顾他人时，当我态度生硬欲冲撞别人时，我便告诫自己要和蔼，要友善。

我也常常梦到失去了丈夫，丢失了孩子，但又重新与他们团聚，我们一起笑，一起旅行，互相请教。正如一位哲学家所说："梦是心灵的思想。"

梦有时会激起我们的某种创造力。几个月前我从沉睡中醒来，我的心被梦境中与一群素不相识的人的旅行所激动。我便立刻动笔，一篇文章的构思跃然纸上。

对于那些夜里醒来的人来说，夜里3点钟是最恼人的时刻。大地上的一切光亮几乎全部消失。不再有人影的晃动。这是最令人恐怖的时候，恐惧和孤独会使人从心底强烈地渴望温暖与友爱。

当人们安然度过这最黑暗的时刻，又将进入那黎明前，这是人们酣睡之时。人们不再像夜里那样翻身转动，而是甜甜地睡着，身心是最轻松和放松之时。对于那些惯于早起的人来说，这是无比快乐的时刻。此时人们确信，地球如一艘巨船在宇宙间航行，而我们就是这艘船上的乘客。

拂晓前，天幕已经拉开，一排排房屋、树木已依稀可辨，星星也渐渐隐去，月亮闪着淡白的光，东方开始渐露出鱼肚白。

我把头探出窗外，只有一只鸟在树上单调地叫着。世界是那样的安静，就风平浪静时的池塘。虽然街灯依然亮着，但天已破晓，偶尔有一辆汽车驶过。

太阳终于穿破黑暗而渐渐升起，万物都沐浴在金色的阳光中。枫树枝在阳光的照耀下似一团团的火。瑰丽的云霞飘动在淡蓝色的天空，有的像盛开的鲜花，在天空中轻柔浮动，有的与阳光交映，如同从篝火中飘起的碎片。

新的一天开始了，这将是怎样的一天呢？我为这新的一天而感到欢欣。夜晚的神奇消失了。

但我难以排除，那神奇仍伴随着我，使我感到这平凡的白日仍有星光在闪烁。

勃兰兑斯

乔治·勃兰兑斯（1842—1927），丹麦文艺评论家、文学史家。
代表作有《法兰西现代美学》《十九世纪文学主流》等文艺理论著作。
他由于受到尼采的影响，具有哲学的"英雄崇拜"的思想，并反映在《瑟伦·克尔凯戈
尔》《莎士比亚传》《歌德传》《伏尔泰传》《尤利乌斯·恺撒传》《米开朗琪罗传》等
名人传记中。

※ 人生

　　这里有一座高塔，是所有的人都必须去攀登的。它至多不过有一百级。这
座高塔是中空的。如果一个人一旦达到它的顶端，就会掉下来摔得粉身碎骨。但
是任何人都很难从那样的高度摔下来。这是每一个人的命运：如果他达到注定的
某一级，预先他并不知道是哪一级，阶梯就从他的脚下消失，好像它是陷阱的盖
板，而他也就消失了。只是他并不知道那是第二十级或是第六十三级，或是哪一

级；他所确实知道的是，阶梯中的某一级一定会从他的脚下消失。

最初的攀登是容易的，不过很慢。攀登本身没有任何困难，而在每一级上从塔上的瞭望孔望见的景致是足够赏心悦目的。每一件事物都是新的。无论近处或远处的事物都会使你目光依恋流连，而且瞻望前景还有那么多的事物。越往上走，攀登越困难了，目光不大能区别事物，它们看起来都是相同的。同时，在每一级上似乎难以有任何值得留恋的东西。也许应该走得更快一些，或者一次连续登上几级，然而这是不可能做到的。

通常是一个人一年登上一级，他的旅伴祝愿他快乐，因为他还没有摔下去。当他走完十级登上下一新的平台后，对他的祝贺也就更热烈些。每一次人们都希望他能长久地攀登下去，这希望也就显露出更多的矛盾。这个攀登的人一般是深受感动，但却忘记了留在他身后的很少有价值自满的东西，并且忘记了什么样的灾难正隐藏在前面。

这样，大多数被称作正常的人的一生就如此过去了，从精神上来说，他们是停留在同一个地方。

然而这里还有一个地洞，那些走进去的人都渴望自己挖掘坑道，以便深入到地下。而且，还有一些人的渴望是去探索许多世纪以来前人所挖掘的坑道。年复一年，这些人越来越深入地下，走到那些埋藏金属和矿物的地方。他们使自己熟悉那地下的世界，在迷宫般的坑道中探索道路，指导或是了解或是参与到达地下深处的工作，并乐此不疲，甚至忘记了岁月是怎样逝去的。

这就是他们的一生，他们从事向思想深处发掘的劳动和探索，忘记了现时的各种事件。他们为他们所选择的安静的职业而忙碌，经受着岁月带来的损失和忧伤，和岁月悄悄带走的欢愉。当死神临近时，他们会像阿基米德在临死前那样提出请求："不要弄乱我画的圆圈。"

在人们眼前，还有一个无穷无尽地延伸开去的广阔领域，就像撒旦在高山上向救世主显示的所有那些世上的王国。对于那些在一生中永远感到饥渴的人，渴望着征服的人，人生就是这样：专注于攫取更多的领地，得到更宽阔的视野，更充分的经验，更多地控制人和事物。军事远征诱惑着他们，而权力就是他们的乐趣。他们永恒的愿望就是使他们能更多地占据男人的头脑和女人的心。他们是不知足的，不可测的，强有力地。他们利用岁月，因而岁月并不使他们厌倦。他们保持着青年的全部特征：爱冒险，爱生活，爱争斗，精力充沛，头脑活跃，无论他们多么年老，到死也是年轻的。好像鲑鱼迎着激流，他们天赋的本性就是迎向岁月之激流。

然而还有这样一种工场——劳动者在这个工场里中是如此自在，终其一生，他们就在那里工作，每天都能得到增益。在不知不觉中他们变得年老了。的确，对于他们，只需要不多的知识和经验就够了。然而还是有许多他们做得最好的事情，是他们了解最深，见得最多的。在这个工场生活变了形，变得美好，过得舒适。因而那开始工作的人知道他们是否能成为熟练的大师只能依靠自己。一个大师知道，经过若干年之后，在钻研和精通技艺上停滞不前是最愚蠢的。他们告诉自己：一种经验（无论那可能是多么痛苦的经验），一个微不足道的观察，一次彻底的调查，欢乐和忧伤，失败和胜利，以及梦想、臆测、幻想、人类的兴致，无不以这种或另一种方式给他们的工作带来益处。因而随着年事渐长，他们的工作也更必须更丰富。他们依靠天赋的才能，用冷静的头脑信任自己的才能，相信它会使他们走上正路，因为天赋的才能是属于他们自己的。他们相信在工场中，他们能够做出有益的事情。在岁月的流逝中，他们不希望获得幸福，因为幸福可能不会到来。他们不害怕邪恶，而邪恶可能就潜伏在他们自身之内。他们也不害怕失去力量。

如果他们的工场不大，但对他们来说已够大了。它的空间已足以使他们在其中创造形象和表达思想。他们是够忙碌的，因而没有时间去察看放在角落里的计时沙漏计，沙子总是在那儿下漏着。当一些亲切的思想给他以馈赠，他是知道的，那像是一只可爱的手在转动沙漏计，从而延缓了它的停止。

（罗洛 译）

马拉美

斯代方·马拉美（1842—1898），法国象征主义诗人和散文家，他的作品主要有《牧神午后》和《诗稿全集》等。

※ 秋

　　自从玛丽亚离开我到另外一个星宿中去——哪一个星宿，猎户星，牵牛星，或者是你吗，绿色的太白星？我时常有寂寞之感。我孤独地和我的猫度过了多少漫长的岁月啊！我说"孤独地"，意思是没有物质的存在物；我的猫是一个神秘的伴侣，一个精灵。因此，我可以说，我孤独地和我的猫，和一个拉丁衰亡时代的最后作家，度过了许多漫长的岁月。

大师智慧书系

自从这个白色的生物没有了以后，很奇怪而特别地，我所喜爱的一切都可以概括在"衰落"这个字里。所以，就一年来说，我喜爱的季节是夏天最后几个憔悴的日子，正当秋季开始以前。就一日来说，我挑选了出门散步的时间是太阳落山之前，当黄铜色的光照在灰色的墙上，紫铜色的光照在玻璃窗上的时候。同样，在文学上，我的精神所从而寻求悲哀的娱乐的，也将是罗马末期的那些苦闷的诗歌，只要是那些还没有透露出野蛮民族已走近来使它返老还童的征兆，也还没有牙牙学语，在开始第一篇基督教散文的幼稚的拉丁文作品。

我一边读着这样的诗歌（它的色泽，对于我是比青年的肌肉更有魅力），一边把一只手抚摸着这个纯洁的动物的皮毛。这时，在我窗下，低沉而哀怨地响起了一架手风琴的声音。手风琴在白杨树下漫长的人行道上响起，这些白杨树的叶子，自从丧烛伴着玛丽亚最后一次经过之后，即使在夏天，我也觉得它们萎黄了。有些乐器是很悲哀的，不错，钢琴闪烁发光，小提琴给残破的灵魂照明，但是手风琴，却使我在朦胧的回忆中，耽于绝望的梦想。现在，它正在悠扬地奏起一支愉快的俗曲，一支能使乡下人心里快乐起来的陈旧熟腻的调子，它的繁音促节却引得我悠然入梦，并且使我下泪，像一曲浪漫的民谣一样，你这是从哪里来的魔力啊？我慢慢地领受着它，我不敢丢一个铜子到窗外去，惟恐一动之后，就会发现这个乐器不是在为自己歌唱。

（施蛰存 译）

※ 心的颤动

这座撒克斯的钟，运转慢，又打十三点，在花儿与神明之前，是谁的钟呢？

你想想，从前它长途跋涉，是用驿车从撒克斯运来的。

（奇特的影子悬挂在破旧的玻璃窗上。）

还有你威尼斯的镜子，深如寒泉，四边镀着吞婴蛇的纹章，镀金层已经褪色，是谁曾在镜中顾影呢？啊！我确知不止一位女子把她美貌的罪孽映在这水中；如果我久久凝视，也许会看见一个个裸体的幽灵。

——"坏家伙，你老说这种混账话。"

（我看见大扇窗上结着蜘蛛网。）

我们的柜子也是很旧的：你看这火花映红了它凄惨的木材；变淡的帘幕和它同样久远，已无脂痕的椅上的绒绣，墙上的画幅，以及一切破旧的用具；难道你不觉得，连梅花雀和青鸟，也随着时间的流逝而失去光泽？

（你别去想宽广的窗扇上颤动的蛛网。）

这一切你都喜爱，这就是为什么我能生活在你身边，我的怀古恋旧的姐妹，你不是希望过在我的诗篇中出现这样的字眼吗，《旧事物的优美》你对新事物不感兴趣；这些东西胆敢大叫大喊，对于你来说，你也害怕，你觉得务必把它们用旧，但这对于不喜爱行动的人很难做得到。来吧，你把德国的老皇历合上吧，你细心阅读，津津有味，虽然一百多年以前印的书里提到的国王一个个都死了；而我，睡在古老的地毯上，头儿倚在褪色的衣袍中你仁慈的膝盖间，安静的孩子啊，我要向你唠叨几个小时；田园已成过去，街上空无人烟，我将和你谈谈我们的陈设……怎么你分心了？

（广宽的窗户上挂着颤动的蜘蛛网。）

尼采

弗里德里希·威廉·尼采（1844—1904），德国著名哲学家和诗人，唯意志论的主要代表人物，其代表作《查拉图斯特拉如是说》。

※ 孩子与结婚

我的兄弟，我单为着你有一个问题：我把这问题像探海器似的抛进你的灵魂里，去测知它的深度。

你年青，你希求着孩子与结婚。但是我问你：你配希求一个孩子吗？

你是不是胜利者，自克者，你的热情之统治者和你的道德之主人呢？我如是问你。

你的希求是兽性与愚昧的需要吗？孤独的恐慌吗？自我的不调和吗？

我愿为你的胜利与你的自由希求着一个孩子。你应当给你的胜利和你的解放建造活的纪念碑。

你建造出来的，应当比你自己高出一等。所以你得先把自己建造得灵肉俱是方正的。

你不仅应当向前地绵延你的种族，而且应当是向上地！让结婚之园帮助你吧！

你应当创造一个高等的身体，一个原始的动作，一个自转的轮，你应当创造一个创造者。

我所谓的结婚，是一对人的意志去创造一个高出于他俩的人。我所谓的结婚是互敬，是具有这种意志的人的互敬。

让这是你结婚之意义与真理吧：但是多余的人所谓结婚，那些过剩的人——唉，我将怎样称呼它呢？

唉，那只是一对灵魂的贫乏罢了！唉，那只是一对灵魂的污秽罢了！唉，那只是双重的可怜的自满罢了！

他们称这个为结婚；他们说他们的结合是在天国里完成的。

好吧，我不喜欢这些过剩的人的天国，我也不喜欢这些陷在天网里的兽！

让那上帝远离我吧，他跛着来祝福他自己不曾结合的多余者！

别笑这种结婚吧！那个孩子没有理由哭怨他的父母呢？

我觉得这个男子是可敬重的，成熟了的，可以抓住大地的意义：但是当我看见他的妻，我觉得世界变成了疯人院。

真的，当我看见一个圣哲与一个雌鹅媾合时，我恨不得立刻地震起来。

这一个男子英雄似的出发寻找真理；他只得到一个打扮了的小诳语。他称这个为他的结婚。

那一个男子在交际场中是很谨慎的，选择很苛刻的；忽然他无端地降低了他的伴侣标准：他称这个为他的结婚。

又一个男子寻找一个具有天使之道德的使婢，但是忽然他自己变成一个妇人的使婢，现在他自己不得不变成一个天使。

无论何处，我看到小心翼翼的购买者，大家张着狡狯的眼睛。但是最狡狯的购买者，也是盲目地购买他的妻。

许多短促的疯狂——这是你们所谓的恋爱。你们的结婚终结了许多短促的疯狂，而代以一个长期的愚蠢。

你们对妇人的爱情和妇人对男子的爱情：唉，但愿这是对于暗地里受苦的神一种同情吧！

但是两个兽总能互相猜出彼此的深处。

然而你们最好的爱情，还只是一个狂欢的象征与一个痛苦的热诚。它是一个火把，照着你们走向高处的道路。

有一天，你们会爱到你们自己以外去！所以，先知道怎样爱吧！所以你们得饮干你们的爱情的苦水。

最好的爱情之杯中也有苦汁：这样，它引起对于超人的希求，它使你这创造者干渴。

创造者之渴，射向超人之箭与希望：告诉我，我的兄弟，这是你结婚的意志吗？

我认为这种意志与这种结婚是神圣的。

——查拉图斯特拉如是说。

※ 夜之歌

夜已到来：现在喷泉之声音响得愈高了。而我的灵魂也是一个喷泉。

夜已到来：现在爱人之歌醒了，而我的灵魂也是一首爱人之歌。

我身上有一件从未平静过，也不能平静的东西；它想高喊起来。我身上有一个爱的渴望，它正说着爱的言语。

我是光：唉，我真希望我是夜呢！我被光围绕着，这正是我的孤独啊！

唉，我希望我是阴影与黑暗呢！我会怎样地在光之乳房上解我的渴啊！

一闪一闪的小星，天上放光的虫啊，我愿祝福你们，而被你们的光之礼物所祝福。

但是，我生活在自己的光里，我吸回从我身上爆裂出来的火焰。

我不曾尝过取得者之快乐；我常常梦想：偷窃应比取得更为甜蜜。

我的贫困便是我两手之不停的给予；我的妒忌便是我常看见期待的眼睛和渴望之星夜。

啊，给予者之不幸啊！我的太阳之偏食啊！希求渴望之渴望啊！满足中极度的饥饿啊！

他们取得我的给予；但是，我是否接触到他们的灵魂呢？授受之间，有一个深谷；而最小的深谷是最后被架上桥的。

一种饥饿发生于我的美里。我想伤害我照耀着的人们；我想抢掠我曾给予赠品的人们：——我如此地想做恶事。

当别人想握我的手的时候，我却缩回我已伸出的手；我迟疑着，如急倾的瀑布迟疑一样：——我如此地想做恶事！

我的丰富沉思着这种报复；我的孤独诞生了这种恶念。

我给予的幸福因给予而死去；我的道德已经厌倦了它自己的丰满！

常常给予的人有失去羞涩的危险；因为这人的心与手，终于会因分赠而生出一层硬厚的皮。

我的眼睛不再为请求者之羞惭而流泪；我的手皮变成硬厚的，不能感觉到受施者的手之战栗。

我的眼泪和我的心之柔嫩何往了呢？啊，给予者之寂寞啊！发光者之沉默啊！

许多太阳在空间绕行着：它们的光向一切黑暗之物说话。——但是对于我，它们却沉默着。

啊，这是光对于其他发光的一切之恨恶：它毫无怜悯地继续着它的前进。

每一个太阳对于其他发光的一切，都是由衷地不公平；对于其他太阳是冷酷：——它如此地继续着它的前进。

太阳们循着它们的轨道大风暴似的飞进：那是它们的旅行。它们遵从着它们的不可阻挠的意志：那是它们的冷酷。

啊，只有你们，黑暗的夜间之物啊，从光取得了你们的温热！啊，只有你们，在光之胸前吸饮安慰的乳汁！

唉，冰围着我；我的手接触着冰而发烧！唉，我渴，而我的渴是一种希求你们的渴之渴！

夜已到来：唉，为什么我不得不是光呢！而渴求着黑暗呢！而孤独呢！

夜已到来：现在我的渴望像喷泉似的喷射着——它要高喊。

夜已到来：现在喷泉之声音响得愈高了。而我的灵魂也是一个喷泉。

夜已到来：现在爱人之歌醒了。而我的灵魂也是一首爱人之歌。

——查拉斯图特拉如是歌唱。

梅内尔

艾丽斯·梅内尔（1847—1922），英国诗人、作家、妇女参政主义者。

※ 人生的节奏

假如生活不总是充满诗情画意，它至少是富有悠扬韵律的。从思想轨道的路径来看，人的内心体验呈现周期性。不知彼此距离有多远，不知椭圆轨道有多长，不知运行速度有多快，不知循环周期有多久。但是，周而复始的循环往复确定无疑。上周或去年内心曾经遭受的痛苦，现在烟消云散了；但下周或来年痛苦仍然会卷土重来。快乐不在于我们经历的是是非非，而取决于心灵的潮起潮落。疾病是带有节奏规律的，行将就木之际疾病来袭的周期愈来愈短，身体复原时疾病的发作周期愈来愈长。因为某事，痛不欲绝，这种痛楚昨日曾不堪承受，明日也将不堪承受；今日却不难忍受，尽管伤心事并未过去。甚至未解的精神上的痛苦负担，也定能让内心得到片刻的宁静；悔恨本身并非驻足不去，它只不过是再度光临。快乐令人又惊又喜。倘若觉察到快乐来临的路线，我们可能会翘首以待，因此快乐如期而至，而非突如其来。实际上，无人做过这种观察；在人们关于内心世界的所有日记中，尚未出现开普勒式的人物记录过这种循环往复。但是坎普滕的托马斯对这种周而复始略有觉察，尽管他并未测量它的循环周期。"除此之外，夫复何求？万事万物皆由此构成"——他发现在痛苦至深时反能找到快乐的逗留，快乐时刻来临时，人的心灵受到记忆的抑制，迎接快乐之情更强烈，但是预感快乐将无情地转瞬即逝。"你甚少，甚少光临"，雪莱长吁短叹，伤感的并非快乐本身，而是快乐的精灵。我们可以事先强迫快乐听候我们随意调遣，伺候我们——每日分派埃里厄尔任务；但是这种人为的勉强破坏了生活的节奏韵律，何况如此强迫的并非快乐的精灵。快乐的精灵在椭圆形、抛物线形或双曲线形的轨道上飞来飞去，无人知晓与时间有怎样的约会。

雪莱与《效法基督》的作者可以敏锐而简单地察觉到快乐精灵的飞翔往来，并猜测其周期性，这并非巧合。这两个人的灵魂与他们生活的多个世界中的精灵密切接触，因此任何人类的繁文缛节，任何对普遍运动的自由和规则的背道而驰，都不能阻止他们发现周而复始这一规律。"它仍然在转动。"他们知道无往不复，没有暂离便没有来临；他们知道飘然离去意味着漫长的回程；他们知道姗姗来迟、似乎触手可及的东西却又正急忙转身匆匆而去。"啊！西风，"雪莱在秋季感慨万端，"啊！西风，冬天来了，春天还会远吗？"

他们知道潮涨意味着潮落，不合时宜的、人为的周期干扰将使潮流的进退失据，削弱运动的气势和原动力。

如果一生矢志追求平等的生活，无论是在智力产出上的平等、在精神惬意上的平等、抑或是在感官享受上的平等，生活都将毫无安宁，也了无生气。一些圣人生活单纯专一，与众不同，他们的灵魂完全符合周期性的规律。

欣喜若狂与孤寂凄苦交替拜访他们。他们放弃了凡尘俗世，却四顾茫然，忍受种种内心痛苦。他们为心中偶然闪烁的非同凡响的甜美而欣喜万分。与圣人相仿的还有诗人骚客，在漫漫人生旅途上，缪斯女神三次或十次降临他们身边，点拨他们，最后抛弃他们。但是与圣人又截然不同，诗人不总是驯服的，对无可挽回的黄金时光的短暂与离去并无完全的心理准备。极少有诗人彻底承认他们的缪斯女神常常离开，因为只有一种方式来表达这种彻底承认，那就是搁笔沉默。

人们发现非洲和美洲的一些部落崇拜月亮而不崇拜太阳；大多数部落则两者都顶礼膜拜；但是单崇拜太阳而不崇拜月亮的部落尚未有所闻。因为太阳的周期律仍然不完全为人所知，而月亮的周期律则较为明显，影响四季。月亮决定了潮汐的涨落起伏，她是塞勒涅，月之女神，赫斯之母，她带来露水，在雨水稀少的地方，露水不断滋润着大地。与地球的其他任何伴星相比，她是度量者。早期的印欧语系中的语言对她便如此相称。

月亮的盈亏圆缺象征着周而复始的秩序。常中有变，月亮的定期而至、按期而返正是她反复多变的原因。朱丽叶不愿接受指月盟誓，但是她红颜薄命，至死不明白爱情本身也如潮汐一样起伏消长，由炽而衰——爱的衰退消逝全由内心的反复无常所致，但是恋人却徒劳无情地将其归之于他所爱的人外表的某些变化。因为除了刚才已讲的非同一般的人之外，人们甚少了解世事的沧桑变化。一个人要么自始至终对此浑然不觉，要么感觉到了却又失之过迟。他要到很晚才能知道这一点，因为这需要经验的不断累积，但是累积的证据却又不见于人。一直要到一个人的后半生，这一规律才为人所彻底认识，并因此才放弃对至死不渝、永不变心的期望和担忧。年轻人的悲痛几近绝望正是由于年轻人对这一规律毫不知晓。希望早日建功立业的想法亦是如此。对人生当中必需的间歇停顿——愿望之间的间歇、行动之间的间歇，这些间歇如同睡眠的间歇一样无可避免——无所知的人的人生似乎特别漫长，潜力无穷。另一方面，因为全然不解时来运转亦是命中注定、必然而至的，所以对时运不济的年轻人来说，人生似乎不可思议，难以对付。

他们如若知道，在更为莫测高深的微妙意义上，人间世事有起有伏，如同潮汐的涨落——如果对莎翁的原句意义加以引申，不至于被认为胆大妄为的话——心里一定会如释重负。快乐弃他们而去，赶在回家的路上；他们的人生会有甘有苦，亦喜亦悲；如果了解人情世态，他们就须与时偕行，时行则行，时止则止，因为他们知道人人受制于天地万物的法则——太阳的旋转与产妇的阵痛。

莫泊桑

居伊·德·莫泊桑（1850—1893），法国作家，短篇小说巨匠。
他擅长从平凡琐屑的事物中截取富有典型意义的片断，以小见大地概括出生活的真实。
他的短篇小说构思别具匠心，情节变化多端，描写生动细致，刻画人情世态惟妙惟肖，
令人读后回味无穷。代表作有《项链》《羊脂球》等。

※ 幸福

下午茶时间，尚未点灯。别墅俯临着大海；落日西沉之际染红了整个天空，蒙蒙的天色像扑上了一层金粉；地中海无波无澜，平滑如镜，在夕阳的余晖中仍闪闪发光，仿如一片巨大光滑的金属板。

右方远处层峦起伏，在逐渐转暗的绯红天际留下了黑色的剪影。

众人正在讨论爱情这个老掉牙的话题，重复说着已经说过无数次的话。黄昏

淡淡的愁绪使众人放慢了发言的速度，心中的感动油然而生。

小小的客厅里，浑厚的男声夹杂着轻声细语的女声交谈着，只听得"爱情"一词不断出现，仿佛鸟儿般翩然飞舞，又似灵魂般游移飘荡。

爱情能够持续多年吗？

"可以。"有人这么说。

"不行！"也有人这么说。

大家区别了各种情形，划分了各种界线，并举出了各种例证；所有的人，无论男女，都忽然想起了令人发窘的过往，话到嘴边却无法启齿，因而显得十分激动，他们以高昂的情绪，热切的关怀，谈论着这个既平凡却又至高无上的话题，这个两性之间温柔又神秘的关系。

突然间，有一个人眼睛盯着远方高喊道："喂！你们看那边，那是什么？"

海面上，在地平线那端，突然出现了一个灰蒙蒙的庞然大物。

女士们都站起身来，不解地注视着这个从未见过的惊人物体。

有人说："那是科西嘉岛！平常远方的景致，总是被海面上长年弥漫的水蒸气所遮掩，可是每年有两三次的机会，空气会变得特别清晰透明，在这种特殊的天气状况下，便可以见到科西嘉岛了。"

岛上的山脊隐约可辨，似乎还见得到山顶的积雪。这个乍然出现的世界，这个从海中蹿出的幽灵，使得每个人都感到诧异、慌乱，甚至惊恐。那些和哥伦布一样远渡重洋探险的人，应该也看过这种奇异的景象吧。

此时，一位尚未开口的老先生说话了："其实这个矗立在我们眼前的岛，好像回应了我们刚才的话题，让我回想起一段特别的往事，我可以告诉大家一个永恒不渝的爱情故事，一段令人难以置信的幸福恋爱。你们听听。"

……五年前，我到科西嘉岛旅行。虽然我们偶尔也可以像今天一样，从法国山脊上见到这座荒凉岛屿，但它比美洲更令人感到陌生与遥远。

你们想象一下，在一个依旧混沌不明的世界，山中暴雨过后，雨水顺着细窄的沟壑而下，奔泻成湍流；没有平原，只有广阔无边的花岗岩层，以及起伏不平的土地，地面上或是密布着丛林，或是高耸着栗树林与松林。这是一块处女地，未经开垦，杳无人烟，难得一见的村落，却像是山丘顶上的一堆乱石。毫无文化，毫无产业，毫无艺术。在这里看不到一片加工过的木材，一块雕琢过的石头，更别想会看到一些优雅美丽的事物，让人缅怀先人简单或讲究的品位。但这也正是这方美丽却严酷的土地，最令人印象深刻之处：世世代代都不屑于追求迷人的形态，也就是我们所谓的艺术。

这里的人住在粗劣的屋子里，凡是与本身的生活或家庭纠纷无关的事物，他们都无动于衷。他们保留了原始族群的优缺点，虽然粗暴、容易记恨、下意识里相当残酷，却也好客、慷慨、忠实、天真，大门永远为旅人敞开，而且只要稍稍示好，他们便会对你推心置腹。

因此，一个月来我漫游于这座神奇的岛上，仿佛置身于世界尽头。没有旅馆，没有酒店，没有大路，只能循着骡子走的小径，前往那些攀附在山侧的小村庄。到了晚上，还能听见村庄下方迂回曲折的深谷，传来一阵阵山涧幽咽深沉的声响。旅人会找一户人家，上前敲门，请主人让他留宿一夜，顺便讨一顿晚餐。

当晚便坐在简陋的桌前用餐，在简陋的屋檐下睡去；翌日清晨，主人还会带着客人走到村庄尽头，才主动握手道别。

有一天晚上，我走了十个小时的路，来到一个小小的住家，这间屋子坐落于狭窄山谷的深处，山谷外几公里便是大海。两旁陡峭的山壁上，覆满了丛林，坍塌的落石和高大的树木，就像两道阴森森的高墙，围绕着这个悲凄的峡谷。

茅屋四周种了几株葡萄，有一个小菜园，远一点还有几棵高大的栗树，这可是这个贫苦地区的重要生计所在呢。

接待我的老妇人，穿着特别朴素整洁。原本坐在一张草垫椅子上的男人，站起来向我点头招呼后，又坐了回去，一句话都没有说，他的伴侣解释道："很抱歉，他听不见，他已经八十二岁了。"

她操着法国本土的口音说话，令我十分惊讶。

我于是问她："你不是科西嘉人？"

她回答道："不是，我们是法国本土的人，不过已经在这里住了五十年了。"

我一想到他们远离都市人群，在这个幽暗偏僻的角落度过五十年的岁月，突然有一种焦虑惊惧之情袭上心头。一名年老的牧羊人回来后，我们便开始用餐，那一餐只有一道以马铃薯、肥肉加卷心菜熬成的浓汤。

晚餐很快地结束了，我到门口坐下，眼前这片阴沉的景象，让我感到忧郁、悲伤。出门在外的游子偶尔在几个忧伤的夜晚、几处荒凉的地方，都会有相同的感受，好像一切都即将结束，生物和宇宙都将消失。

老妇人也来到门口，潜藏在她灵魂最深处的一股好奇，让她忍不住问道："你是从法国来的，是吗？"

"是的，我到处旅行。"

"那你是巴黎人吧？"

"不是，我住南锡。"

她的内心似乎受到强烈的冲击，至于我是如何看出来或感觉出来的，我也不知道。

她慢慢地又说了一次："你住南锡？"

男人出现在门边，面无表情，一如所有的聋子。

她说："没关系，他听不见。"几秒钟后，又说："那么你认识不少南锡当地的人吧？"

"当然，几乎所有的人都认识。"

"圣塔雷兹家的人呢？"

"很熟，是我父亲的朋友。"

"请问你叫什么名字？"

我把名字说出后，她定定地看着我，然后用充满回忆的低沉语调说："对了，对了，我想起来了。布里兹玛一家呢，后来怎么样了？"

"都死了。"

"啊！那西尔蒙家你认识吗？"

"认识，他们家最小的儿子是个将军。"

她因激动、焦虑而微微颤抖着，这份复杂、强烈而神圣的情感，我无法了解，她也不明白是什么驱使她坦陈一切，说出多年来一直深藏在内心深处的话，提起这些令她情绪激荡的人。她说："对，亨利·西尔蒙。我知道。他是我弟弟。"

我惊愕地抬起头看她，突然回忆起了往事。

这件事当时在贵族地区洛林，曾经造成过极大的轰动。年轻美丽的富家女苏珊·西尔蒙，遭父亲麾下一名轻骑兵队的士兵诱拐出走了。

这名胆敢勾引指挥官之女的士兵，是个英俊的农村子弟，也是骑兵队正式的一员。她大概是在观看骑兵队伍行进时，见到了他，几番留意之后便爱上他了。

可是她如何跟他搭上话？他们又如何会面，向对方倾吐心声？她如何敢对他表白爱意？这些问题至今依然无解。

谁也没有察觉到什么，没有任何预感。就在士兵服役期满的那一晚，他们俩便一块儿消失了。众人到处寻找，但毫无音讯。从此一直没有他们的下落，大家都以为她死了。

而我竟在这个阴郁的山谷里，见到了她。

于是我接着说："对，我想起来了，你是苏珊小姐。"

她点点头，泪水双双垂落。她把眼光移到那个坐在破屋门槛上、一动也不动的老人身上，跟我说："就是他。"

我感觉得出来，她仍然爱着他，仍然以依恋的眼神看着他。

我开口问道："你还幸福吧？"

她非常真挚地回答道："是的，非常幸福。他让我过得非常幸福，我从来没有后悔过。"

我凝视着她，有点难过，却又惊叹于爱情的魔力。这个富家女跟随着这样一个乡下农民，她自己也成了农妇。

她让自己适应平实无华、毫不讲究的生活，屈从于简单的生活习惯，而她仍然爱他。她成了乡野村姑，戴着软帽，穿着粗布裙。她用陶盆盛食物，在木桌上用餐，坐的是草垫椅子，吃的是马铃薯、肥肉加卷心菜浓汤。她靠在他身边，睡在草席上。

除了他之外，她从来什么也不想！她从未怀念过昔日的绫罗绸缎、华贵饰物，昔日柔软的座椅，昔日垂满流苏、芳香温暖的卧房，以及昔日休憩时用的轻柔的羽绒枕。她只需要他，只要有他在，她一无所求。

她那么年轻，便抛弃了原有的生活与世界，离开抚养她、爱她的人。她独自与他来到这个荒野峡谷。他就是她的一切，她希求的一切，她梦想的一切，她不断等待的一切，她不停寄望的一切。他使她的生命充满幸福快乐，从最初到最后。

她的人生不可能比这更幸福了。

一整晚，简陋的床上，不断传来老士兵低低粗粗的呼吸声，他身旁就躺着那个天涯海角追随他的女人，我心里想着这段单纯的爱情传奇，想着这种这么圆满、这么简单的幸福。

隔天一早，我和这对老夫妻握过手就走了……

讲述的人不再开口。有一位女士说："无论如何，她的理想太容易达成，她的需求太粗糙，她的愿望太简单了。她真是个笨蛋。"

另一个女士缓缓地说："那有什么关系！她很幸福啊！"

此时，天边的科西嘉岛在夜幕笼罩之下，渐渐淡去，巨大的阴影缓缓地没入海中，刚才的乍现似乎只为了叙述一个故事，说的是住在岛上河谷中，一对简朴卑微的爱人。

斯蒂文森

罗伯特·路易斯·斯蒂文林（1850—1894），英国作家。
擅长探险及科幻类小说。代表作有《金银岛》《绑架》
及其续篇《卡特琳娜》《化身博士》，短篇小说集《岛上夜谭》等。

※ 理想中的黄金国

在这个世界上，既然宴尔新婚乃至重大决战都在不断发生，我们大家每天到了一定时间，又能够有滋有味、利利索索把一堆好吃的东西一劳永逸、有来无回地塞进我们这个身之所寄的皮囊里，那么，这个成绩看来也就算不小了。粗粗一看，在这是非蜂起的人世上，只要尽其在我、有所获得，也就可以算是达到了人生唯一的目标。然而，从人的精神状态看来，这仅仅是皮相之见。当我们过着幸福日子的时候，我们像是站在一道长长的阶梯上，它一磴接着一磴，不断向上，永无休止。对于眼光向上的人来说，新的地平线时时在面前出现；尽管我们居住在这个小小星球之上，沉浸在卑微琐事之中，寿命也不过短短数十年之久，但由于天性使然，我们的种种希望却像夜空的星辰一样高邈难追；我们的希望持续不断，与生命同样长久。所谓真正的幸福，指的是如何开端，而不是如何结束；指的是我们渴望着什么，而不是我们占有着什么。憧憬，是一种永久的快乐，一种像土地一般牢固的产业，一种取之不尽、用之不竭的财富，年复一年地赋予我们进益，鼓舞我们高高兴兴进行各种活动。我们的希望愈多，表明我们的精神愈富裕。在人生的戏剧里，我们如果毫无个人利害牵涉，生活本身就会变成一座非常乏味、秩序混乱的剧场；而对于那些既不懂艺术、又不懂科学的人来说，世界不过是诸般色彩的组合，或者像一条崎岖不平的步行小道，很有可能跌断胫骨。只是由于欲望和好奇，一个人才能心平气和地活在世上，为种种人、事的表象所迷醉，每朝醒来，兴致勃勃，心里充满着对于工作和娱乐的强烈欲望。欲望和好奇如两只眼睛，通过它们，人们看到世界上充满了最为神奇的色彩；它们使得世上的女人美艳夺目，使得古老的化石引人入胜；一个人可以把产业挥霍一空，沦落为乞丐，但只要他还有这两道护身灵符，他就仍然不缺欢乐的希望。假如一个人一顿饭能吃下许多浓缩而全面的食物，使他永远不再感到饥饿；假如一个人一眼就能看穿世界上的形形色色，知识的欲望完全得到了满足；假如一个人在一切方面都能做到这一点，那么，这个人不是从此再也没有什么乐趣了吗？

一个徒步旅行的人，背包里若是仅仅只带了一本书，他必定读得特别仔细，而且时时掩卷沉思，时时放下书本望望身外风光，或是对旅店房间里的画片打量一番，因为他担心书一旦看到卷末，心会随之而尽，而前程遥遥，却失去了旅途的良伴。最近，一个年轻小伙子读完了卡莱尔的全集，如果我没有记错的话，他是以那关于腓德烈大帝的十本札记而结束他的攻读的。"怎么！"小伙子惊惶失措地说："卡莱尔的书就这样完了？难道我今后只好看报纸了吗？"另外有一个大名鼎鼎的例子：亚历山大因为再没有其他国家让他征服而痛哭流涕。还有，当吉本写完了《罗马帝国衰亡史》，他那快乐的时刻也就所剩无几；他带着一种"强自镇定的悲哀心情"和自己多年的劳动告别。

幸好，我们大家往往把自己的箭徒劳无益地射向月球，我们总是把希望寄托在那可望而不可即的理想中的黄金国，我们在这尘世上什么事情也难贯彻到底。收回的利息总是再撒出去，像芥菜籽一样。一个小孩子生下来，你想：麻烦事结束了；然而，那不过是新的烦恼的开始。然后，你看他出牙了，上学了，最后，终于结婚了；可是，又怎样呢？新的忧虑接着又来，每天都会发生一些叫人心口震颤的事情；而且，你的儿女的儿女身体好好歹歹，也都像你自己的健康状况一样使你牵肠挂肚。还有，当你和妻子结婚的时候，你觉得自己简直像是登上了顶峰，从此可以轻轻松松顺坡而下。可是，求爱的结束仅仅意味着婚姻生活的开始。对于一个性格傲慢而倔强的人来说，坠入情网和赢得爱情已经是十分烦难的事情；但维持爱情于不堕也是相当要紧，为此，丈夫和妻子都得拿出好心和善意。真正爱情的故事是要从神坛之前说起的，因为在这时候结成夫妇的这两人之间开始了一场美妙动人的智慧和雅量的竞赛，一场为了某种无法实现的理想而终身进行的斗争。这理想难道无法实现吗？唉，肯定无法实现，原因就在于他们是两个人，而不是一个人。

"著书立说，无穷无尽，"——传道者如此哀叹。他不明白，他这么一说，无意之间把文学这一行捧得有多么高。因为，实际上，不管著书、做实验、旅行、发财，都是没有穷尽的。旧的问题解决，又产生新的问题。我们永远处在学习之中，我们永远不可能像自己所希望的那样有学问。我们从来不可能塑造出符合自己梦想的雕像。当我们发现了一个大陆，或是越过了一道山脉，我们总是看到大陆之外还有海洋，高山之外还有平原。在这无限辽阔的宇宙之中，哪怕对于绝顶聪明、极端勤奋的人，总是大有用武之地、而且绰绰有余的。宇宙不像卡莱尔全集，总有读完的一天。即使是世界的一角一隅，譬如说，在一座私人花园里，或是在一个小村子的附近，那风雨阴晴、四时代序是那样变幻无穷，哪怕我们一辈子天天到那里去逛，也总会发现某些使我们惊奇和喜悦的东西。

在尘世上，只有一种愿望能够满足，只有一件事情能够彻底实现，那就是——死亡。但是，死因尽管多种多样，却没有一个人能够告诉我们这件事情到底值不值得实现。

我们不顾休息、一刻不停地前进，奔向自己幻想中的境界，好像那不知疲倦、勇往直前的拓荒者——这构成了一幅奇妙的图景。当然，我们的目标是永远不可能达到的；很可能，这个目标根本就不存在；即使我们能活到上百年，具有天神一般的法力，到了最后仍然发现我们向往的目标还是可望而不可即。啊，人类辛辛苦苦的双手！啊，人类不知疲劳的双脚，你仆仆于道途之间却不知奔向何方！快了，快了，你想很快你就能登上那光辉的峰顶，可是向前再走一点点，在那夕阳残照的余晖中，你却瞥见了远方隐隐约约的黄金国的塔尖。人真是身在福中而不自知，因为满怀希望地赶路要比到达目标更好，真正的胜利即存在于辛勤劳动的本身之中。

（刘炳善 译）

※ 幻想

就现象而言，在这样一个婚姻嫁娶、征战杀伐充扩其间的世界之中，在一个每天我们都要不止一次以绝大的兴味与速度把相当一部分食物坚决而无悔地贮入我们这副皮囊之内的世界之中，能够获取的成就似乎是相当多的。对许多人而言，匆匆观之，尽量获取，多多益善，似乎便是这充满斗争的人生的唯一目的。然而，如果涉及精神，这一切终不过为幻想而已。

快乐的生活乃是前进的生活，其中每件事物都要导向更高的阶段，而且永无止息。在一个具有奋进意识的人的面前，时刻会有新天地。因而，尽管我们所居住的这个星球并不会扩大，尽管我们所陷溺于其间的那种种灾难也都不会历时很长，但是由于我们的天性，我们的愿望却多如繁星一般，而且常是生命不息，欲望不止。真正的快乐在于我们开始得怎样，而不在于我们结束得如何；在于我们希求什么，而不在于我们拥有什么。

一个理想便是一份永久的快乐，一份像地产那样实实在在的家业，一生取之不竭，年年像收获那样给你带来大量快活的财富。人生犹如剧场，除非我们对上演的剧目具有兴趣，否则那个地方必然枯燥乏味，一无是处。而对那些在科学艺术上全不在行的人们，这个世界不过是一场空幻的色相而已，或者像一条灾厄密布的崎岖野径。正是因为人们具有欲望和好奇心理，他们才能心平气和地生存下去，才能对人生世相产生迷恋，才能在每天早上醒来之后对工作与娱乐重新产生兴趣。

欲望与好奇正是使世界在人的面前变成五彩缤纷的一双神奇眼睛：正是这两者才使女人那么迷人，化石那么有趣。另外，一个人也可能倾家荡产，沦为乞丐，但只要这两件法宝不丢，他便仍不失为一位富者——富在一切乐趣的可能性上。假使一个人能把所有的饮食以高度浓缩和综合的形式而一餐吃下，从此再无饮食的欲望；假使他能把世上的万般于一顾之下饱览无遗，从此再无求知的渴望；假使他能在人生的任何一个领域中做到诸如此类的事情，那么在未来的日子里，这个人还有什么乐趣可言？

幸好我们的种种虚妄不实的追求倒也很少得遂；我们常把希望过多地集中在高不可攀的幻想上面，致使我们在这个世界上很少有成就。需要人操心的事真如芥子一般，生生不已，永无止期。你也许以为只要孩子一旦呱呱落地，一切就会完事大吉，殊不知这只是新的忧虑的开始；而当你费尽艰辛把他养大，经过长牙换牙，入学读书，最后到达嫁娶年龄，唉！这无非是再增添一些新的忧虑、新的担心罢了。你何尝一天能够松懈放心？你那孩子的健康状况，会像你对自己的情形一样，放心不下。再如，当你完婚之后，你也许以为你的辛劳已经到了顶峰，往后的日子便会像下坡那样，一切顺利轻松。其实，这还仅仅是恋爱的结束与婚姻的开始。

当然，陷入爱情与获得爱情对于一个生性傲慢和不够驯顺的人往往不是一件易事，但是保持爱情也同样并不轻松，要想做到这点，夫妇双方都得推心置腹，以诚相待。真正的爱情故事开始于圣坛，这时摆在一对新人面前的乃是一场比智慧、比气度的异常动人的竞赛，一场通向那不可及的理想的终生奋战。不可企及吗？是的，确实是不可企及！理由很简单，这里毕竟是两个人，而不是一个人。

"谈到著书，永无完结"，《传道书》的作者曾发过这种抱怨，其实他没想到，这话正是对文学的至高礼赞。的确，著书是永无完结。实验、旅行，乃至聚敛财富，也都没有完结。问题总是层出不穷的，我们即便攻读一生一世，也未必会如我们所想象的那样渊博。我们从未塑出过一尊尽符我们梦想的完美雕像。当我们发现了一块大陆或越过一重山岳之后，另外一片海洋或一带草原又会遥遥在望。这个浩瀚无垠的宇宙是任凭我们何等疾速也周游环顾不尽的。这并不像卡莱尔的书那样，可以从头到尾把它读完。即使其中区区一个角落，例如一座私家花园，或某个村郊野地，那里的物候气象也常常变化多端，尽管我们毕生出入其间，种种意想不到的新鲜事物或令人高兴的事情还是不断地呈现在我们面前。

世上只有一件愿望可以获得实现，只有一桩事情可以完全达到：这便是死亡。但是由于种种关系，至今还找不到一个人可以告诉我们，这事是否值得达到……

戴克

亨利・范・戴克（1852—1933），美国散文家。主要作品有散文集《小溪》等。

※ 一撮黏土

从前在一条河边有这么一撮黏土。说来也不过是很普通的黏土，质地粗浊；但它对自己的价值却抱有很高的看法，对它在世界上所可能占有的地位具有奇妙的梦想，认为一旦时运到来，自己的美德终将为人发现。

头顶上，在明媚的春光里，树木正在交头接耳地窃窃私语，讲述着当纤细的林花和树叶开始吐放，林中一片澄澈艳丽时它们身上所沾沐的无尽光辉，那情景，宛如无数红绿宝石粉末所形成的朵朵彩云，轻柔地悬浮在大地之上。

花儿看到这种美景惊喜极了，它们在春风的爱抚中探头欠身互相祝贺："姐妹们，你们出落得多可爱啊，你们真是给白日增辉。"

河水也因为增添了力量而感到高兴，它沉浸在水流重聚的欢乐之中，不断以美好的音调向河岸喃喃絮语，叙述着自己是怎么挣脱冰雪的束缚，怎么从积雪覆盖的群山奔腾跑到这里，以及它匆忙前往担负的重大工作——无数水车的轮子等待着它去推动，巨大的船只等待着它去送往海上。

黏土懵懵懂懂地待在河床里，不断用种种远大理想来安慰自己。"我的时运终将到来，"它说，"我是不会长久被埋没的。世间的种种光彩、荣耀，在适当的时候，终会降临到我的头上。"

一天，黏土发现它自己挪了位置，不在原来长期苦守的地方了。一铲下去，它被挖了起来，然后和别的泥土一起装到一辆车上，沿着一条似乎很不平坦的碎石块路，运到遥远的地方去了。但它并不害怕，也不气馁，而只是心里在想："这完全是必要的。通往光荣的道路总是艰难崎岖的。现在我就要到世界上去完成我的重大使命。"

这段路程非常辛苦，但比起后来所经受的种种折磨痛苦却又算不得什么。黏土被抛进一个槽子里面，然后便是一番掺和、捶打、搅拌、践踏。真是不堪其苦。但是一想到美好崇高的事物必将从一番痛苦中产生出来，也就感到释然了。黏土坚决相信，只要能耐心地等待下去，总有一天它将得到重酬。

接着它被放到一只飞速转动着的旋盘上去，而自己也跟着团团旋转起来，那感觉真好像自己即将被甩得粉身碎骨。在旋转中，仿佛有一种神力把它紧紧抟捏在一起，所以尽管它经历一切眩晕痛苦，它觉着自己已经开始变成一种新的形状。

然后一只陌生的手把它投进炉灶，周围烈火熊熊——真是痛心刺骨——那炽热程度远比盛夏时节河边的炎阳要厉害得多。但整个期间，黏土始终十分坚强，经受了一切考验，对自己的伟大前途信心不坠。它心想，"既然人家对我下了这么大的工夫，我是注定要有一番锦绣前程的。看来我不是去充当庙堂殿宇里的华美装饰，便是成为帝王几案上的名贵花瓶。"

最后烘焙完毕，黏土从灶中取出，放在一块木板上面，让他在蓝天之下凉风之中去慢慢冷却。一番磨难既过，报偿的日子也就不会远了。

木板之旁便有一泓潭水，水虽不深，也不很清，但却波纹平静，能把潭边事物公正如实地反映出来。当黏土被人从板上拿起来时，它这才第一次窥见了自己新的形状，而这便是它千辛万苦之后的报偿，它的全部心愿的结果———只普普通通的花盆，线条粗硬，又红又丑。这时它才感觉到自己既不可能登帝王之家，也不可能入艺术之宫，因为自己的外貌一点也不高雅华贵；于是它对自己那位无名的制造者喃喃抱怨起来，"你为什么把我造成这等模样？"

自此一连数日它郁悒不快。接着它给装上了土，另外还有一件东西——是什么它弄不清，但灰黄粗糙，样子难看——也给插到泥土中间，然后用东西盖上。这个新的屈辱引起了黏土的极大不满。

"我的不幸现在是到了极点，让人装起脏土垃圾来了。我这一生算是完了。"

但是过了不久，黏土又给人放进了一间温室，这里阳光和煦地照着它，而且经常给它喷水，这样就在它一天天静静等待的时候，某种变化终于开始到来。某种东西正在它体内萌动——莫非是希望重生；但它对此仍然毫不理解，也不懂得这个希望会是什么。

一天黏土又给人从原地搬起，送进一座宏伟的教堂。它多年的梦想这回终于实现了。它在这世上的确是有所作为的。这时空际仙乐阵阵，四周百花飘香。但它对这一切仍不理解。于是它便向身旁和它一模一样的另一黏土器皿悄声问道："为什么他们把我放在这里？为什么所有的人都向我们张望？"

那器皿答道："怎么你还不知道吗？你现在身上正怀着一颗状如王节的美丽百合。它那花瓣皎白如雪，它那花心有如纯金。人们的目光都集注到了这里，因为这株花乃是世界上最了不起的。而花的根就在你的心里。"

这时黏土心满意足了，它暗暗地在感谢它的制造者，因为虽然自己只是一只泥土器皿，但里面装的却是一件稀世珍奇。

兰波

阿尔杜尔·兰波（1854—1891），法国象征派诗人。

其文学活动只有三年，主要诗作有《醉舟》《田神的脑袋》《彩画集》等。

散文有《辉光集》《地狱里的一季》等。

※ 闪电

人类的劳动！这是一道爆发的闪电，时常照亮我的地狱。

"天下没有白费的事；前进呀，向科学！"现代的传教士叫喊着，这是说，号召每一个人。但是，恶人和懒汉的尸体摔倒在别人心上……啊！快，快点，在那边，走过了黑夜，就可以得到永恒的、未来的报偿……我们应该失掉它吗？……

——我能怎么办呢？我知道什么是劳动，而科学则太慢了。让传教士去奔跑吧，让闪电去震响吧……我看得很清楚。这是太简单了，太狂热了；让他们从我身边过去吧。我有我的工作。我将像许多人那样，以把它搁在一旁为自傲。

我的生命已经消竭了！来！让我们做游手好闲的懒汉吧，啊，可怜的人！我们将生活于梦想着离奇古怪的爱情和幻异的宇宙，生活于对那些世界的幽灵的控诉和争吵；走江湖的卖艺人、乞丐、艺术家、强盗、教士！在我的病院床上，熏香的味道已如此强烈地回到我这里来，我神圣的香气的守护者，悔罪者，殉道者……

在那里，我认出了我幼小时代的肮脏的教育，什么东西？……去走走我的二十年吧，如果别人走了他们的二十年……

不！不！现在我对死反叛了！对我的骄傲来说，劳动似乎太轻微了：我对世界的叛逆也许只是一个短期的苦恼，到了最后一刻，我就会进击，向左，向右。

于是——啊！亲爱的，可怜的灵魂，我们还会失掉永生吗！

（施蛰存 译）

弗洛伊德

西格蒙特·弗洛伊德（1856—1939），奥地利心理学家、
精神病医师。精神分析学派创始人。
主要著作有《梦的解析》《精神分析引论》《精神分析引论新编》等。

※ 升华——战胜命运的摆布

生活正如我们所发现的那样，对我们来说是太艰难了。它带给我们那么多痛苦、失望和难以完成的工作。为了忍受生活，我们不能没有缓冲的措施，正如西奥多·方坦所说："我们不能没有补救的措施。"这类措施也许有个强而有力地转移，它使我们无视我们的痛苦；代替的满足，它减轻我们的痛苦；陶醉的方法，它使我们对我们的痛苦迟钝、麻木。这类措施是必不可少的。伏尔泰在《查

第格》的结尾告诫人们要耕种他们自己花园的土地，其目的就是为了转移，科学活动也是这类转移。代替的满足正如艺术所提供的那样，是与现实对照的幻想，但是由于幻想在精神生活中担负的这种作用，它们仍然是精神上的满足。陶醉的方法作用于我们的身体并改变它的化学过程……

除上述措施之外，防范痛苦还有一种方式是我们心理结构所容许的里比多的转移，通过这一转移，这种方式的功能获得了那么多的机动性。这里的任务是改变本能的目标，使其不至于被外部世界所挫败。本能的升华借助于这一改变。如果一个人有能力增加从精神和智力工作这个源泉中获得的快乐，那么他的收益是极大的。命运摆布他的力量也就小多了。正如艺术家在创作中、在实现他的幻想中得到的快乐一样，或者像科学家在解决问题或发现真理时一样。这类满足有一个特殊的性质，将来有一天，我们肯定可以用心理玄学的术语去加以描述。现在，对我们来说，只能把这样的满足形容为"高尚的和美好的"。但是这种满足的强度，与来自野蛮的原始的本能冲动的满足的强度相比较是温和的，它并不震动我们的肉体。但是，这种方式的弱点是不能普遍适用于人们，它只能为少数人所用。它以人的特殊的气质和天赋为其先决条件，而这种气质的天赋在实践中是远不够普遍的。甚至对占有它们的少数人来说，这个方式也不能用来彻底防止痛苦。这个方式无法制造穿不透的盔甲来抵御命运之神的箭矢，当痛苦来自这个人自己的身体时，它常常就失去了作用。

这个过程已经清楚地表明了一个意图，即通过在内部的、精神的过程中寻求满足，来使自己独立于外部世界。在第二个过程中，这些特征甚至更显著。在这个过程中，与现实的联系更加松散，满足是从幻想中获得的了，它表明幻想与现实之间的差异并不干扰幻想带来的快乐。产生幻想的那个领域是对生活的想象，当现实感发展了的时候，这个领域显然避开了现实检验所提出的要求，并为了实现那难以实现的愿望而保留下来。幻想带来的快乐首先是对艺术作品的享受——靠着艺术家的能力，这种享受甚至被那些自己并没有创造力的人得到了。那些受了艺术感染的人并不能把它作为生活中快乐和安慰的源泉，从而给它过高的评价；艺术在我们身上引起的温和的麻醉，可以暂时抵消加在生活需求上的压抑，但是它的力量决不能强到可以使我们忘记现实的痛苦……

从这里，我们可以接下去考虑一下有趣的情况，在这个情况中，生活中的幸福主要来自对美的享受。我们的感觉和判断究竟在哪里发现了美呢——人类形体和运动的美，自然对象的美，风景的美，艺术的美，甚至科学创造物的美。为了生活的目的，审美态度稍许防卫了痛苦的威胁，它提供了大量的补偿。美的享受具有一种感情的、特殊的、温和的陶醉性质。美没有明显的用处，也不需要刻意的修养。但文明不能没有它。美学科学考察了事物的美的条件，但是它不能对美的本质和起源做任何说明。像往常一样，失败在于层出不穷的、响亮的、却是空洞的语词。

　　不幸，精神分析学对美几乎也说不出什么话来。看来，所有这些确实是性感领域的衍生物。对美的爱，好像是被抑制的冲动的最完美的例证。"美"和"魅力"是性对象的最原始的特征。

（1930年）

克罗瑟斯

麦考德·克罗瑟斯（1857—1927），美国散文作家。

他的作品警策之句较多，富有知识性和趣味性。代表作有《你看着我》。

※ 人人想当别人

人生许多微不足道的烦躁都是由于人人想当别人的自然欲望所导致的，它使社会不能完美地组织起来，不能让每个人都各司其职，各就其位。想当别人的欲望常常引导我们去做一些严格意义上来说并不属于自己分内的事。我们的天赋与才能常常超出我们自己行业与职务的狭小范围。每个人都觉得自己才过其位，大材小用，因而无时无刻不在做着那种空头理论家们所谓的"额外工作"。

一个态度认真的女佣人不会满足于只干几件指定的差事。她身上还有没用完的精力。她的志向是做一名家庭改革方面的专家。于是她来到徒有其名的主人的书桌前，在那上面进行一番彻底改革。

按照她的整洁观念，所有文件都重新进行了归置。当那位可怜的主人回来后，发现为他所熟悉的杂乱无章已经变成面目可憎的整洁时，他简直成了一个反动分子。

一位秉性严肃的市电车公司经理绝不会只从运送乘客方面，和使乘客觉得便宜、舒适这一简单责任中获得满足感。他要发挥道德促进会宣讲人的职责。于是，当一位可怜的乘客正在皮带环的下面摇摇晃晃站立不稳时，他却要为这位乘客读点儿东西，请求他发扬基督徒的美德，不要推挤。

一个人走进理发店，目的只是刮刮胡子而已，但却遇到一位雄心壮志的理发师。这位志向高远的理发师绝不满足于仅对人类的幸福安康做微小的贡献。他坚持认为，他这位顾客还需要洗发、修指、按摩、在滚热的毛巾下发汗、在电风扇下冷却，等等，并在进行所有这些的同时，他的皮鞋还必须被重新上油擦拭。

当你看到有些人在接受种种他们并不需要的服务时所表现的忍耐，你不觉得奇怪吗？其实也不过是为了不伤害情愿多干点活的手艺人的感情罢了。你看，卧车中一些乘客站起身来让人家为他刷衣服时，有着一副多么耐心的神情啊，他们十有八九并不想让人去刷。他们宁愿衣服上留着灰尘也不愿被迫忍受这种事。但是他们明白不能让别人感到失望。这是整个旅行中的隆重仪式，是正式献礼之前不可缺少的。

人人想当别人，这种情形也是艺术家与文人学士出现越轨现象的一个重要原因。我们的画家、剧作家、音乐家、诗人以及小说作者也就像上面说的女佣人、电车公司经理与理发师一样，犯着人们所通有的毛病。他们总是希望"以最多的方式对最多的人们做最多的工作"。他们厌倦了自己所熟悉的东西，而喜欢尝试种种新的结合。于是他们经常把不同的事物拉扯在一起。一种艺术的实践者总是尽量用另外一种艺术制造出某种效果。

于是有的画家想当音乐家，像使用画笔一样来使用小提琴。他要让我们看见他为我们描绘的落日彩霞。而音乐家则想当画家，想把交响乐画出来，并很苦恼那些缺乏修养的人听不出他画中的音乐，虽然那些色彩的确不相协调。另一位画家则想当建筑师，希望他绘制出的图画能产生砖石砌成的感觉。结果他的作品倒很像一所砖房，但可惜在一般正常人看来却不像一幅图画。再如一位散文作家厌倦了写散文，而想当诗人。于是他在每一行开头用了大写字母以后，却继续按着他的散文手法来写。

再比如看戏剧。你带着你那简单的莎士比亚式的观念走进剧院，以为来到这里就是看戏。但是你的剧作家却想成为病理学家。于是你发现自己身陷诊所，四周阴森难耐。你本来到这里只是为了消遣，找个地方舒散心情，但你这位不入流的人士却走入了这个专门为你准备的场所，因此你不得不熬到终场。至于你有自己的苦衷这点并不成为充分的理由使你豁免。

又如你拿起一部小说来看，以为这肯定是一则故事。谁料到这位小说家却另有主张。他想充当你的精神顾问。他要对你的心智有所建树，他要把你的基本思想重新整理一番，他要抚慰你的灵魂，对你整个人进行清理。尽管你并不想让他为你做什么清理或调整，他却要为你做所有这些事。你不愿意让他改造你的心智。确实，你自己也只有那么一颗可怜的心，你自己的工作也还需要它。

罗斯福

西奥多·罗斯福（1858—1919），美国第二十六任总统。
一直被视为美国历史上最伟大的总统之一，
是20世纪美国最受民众期望和受爱戴的总统，也是美国历史上唯一连任4届总统的人。

※ 艰辛的人生

一种怠惰安逸的生活，一种仅仅是由于缺少追寻伟大事物的愿望或能力而导致的悠闲，这对国家与个人都是没有价值的。

我们不欣赏那种怯懦安逸的人。我们钦佩那种表现出奋力向上的人，那种永不冤枉邻人，能随时帮助朋友，但是也具有那些刚健的性质，足以在实际生活的严酷斗争中获取胜利的人。失败是艰难的，但是从小曾努力去争取成功，却更为糟糕。在人的一生中，任何的收获都要通过努力去得到。目前不用作任何的努力，只是意味着在过去有过努力的积储。一个人不必工作，除非他或他的祖先曾经努力工作过，并取得了丰厚的收获。如果他能把换取到的此类的自由加以正确地运用，仍然做些实际的工作，尽管那些工作是属于另一类的，不论是做一名作家还是将军，不论是在政界还是在探险和冒险方面做些事情，都表明了他没有辜负自己的好运。

但是，如果他将这段不需从事实际工作的自由时期，不用于准备，而仅仅是用于享乐（尽管他所从事的或许并非邪恶的享乐），那就表明了他只是地球表面上的一个赘疣；而且他肯定无法在同僚之中维持自己的地位，如果那种需要再度出现的话。安逸的生活终究不是一种令人很满意的生活，而且，最主要的是，过那种生活的人最终肯定没有能力担当起世上之重任。

于个人如此，对国家也是这样。有人说一个没有历史的国家是得天独厚的，这是卑鄙的谎言。一种得天独厚的优越感来源于一个国家具有光荣的历史。冒险去从事伟大的事业，赢得光荣的胜利，即使其中掺杂着失败，那也远胜于与那些既没有享受多大快乐也没有遭受多久痛苦的平庸之辈为伍（因为他们生活在一个既享受不到胜利也遭遇不到失败的灰暗境界里）。

※ 奋斗不息的人生

你们是西部最大城市芝加哥的市民，是为这个国家奉献了林肯和格兰特的伊利诺伊州的州民，你们卓越地体现了美国国民性中最具美国特征的所有一切。在向你们讲话时，我想提倡的不是耽于安逸的人生哲学，而是奋斗不息的人生哲学——含辛茹苦，辛勤奋斗，锐意进取，终其一生；我想宣扬的是，成功的最高境界与贪图安逸、碌碌无为之辈毫无缘分，而只属于那些不畏险境、不惧困苦、不避辛劳，并因此终获辉煌胜利的人们。

慵懒安逸的一生，仅仅因为缺乏欲望或缺少能力去成就大事而归于平淡安稳的一生，无论是对个人还是对民族，都不足称道。我只不过希望，每个有自尊的美国人对自己、对子女所作的要求，同样适用于要求美国这一国度。你们当中有谁会教导自己的孩子，闲逸安稳是他们首要的考虑对象，是他们矢志追求的最终目标？你们这些芝加哥的市民将这个城市建设成了一座伟大的城市，你们这些伊利诺伊州的州民在把美国建设成为一个伟大国度的进程中做出了应有并且是卓越的贡献，因为你们既不鼓吹、也不实行这样的人生哲学。你们自己辛勤劳作，并教育子女也辛勤劳作。假如你们家道殷实，名副其实，你们会教导子女，尽管他们可能会有闲暇，但是不可无所事事地虚掷光阴；因为明智地使用闲暇只是意味着，那些有幸拥有闲暇、无需为谋生计而不得不工作的人，更加应该献身于科学、文学、艺术、探险、历史研究领域内无分文报酬的工作——那种国家亟须的工作，这些工作的成功开展将为国家赢得巨大声誉。对苟且偷安、不敢作为的人，我们毫无敬佩之意。对奋斗不息、终至辉煌的人，我们则满怀崇敬；他们对邻人从来不作不义之举，对友人及时伸出援手，但是同时又具备阳刚之气，能够在现实生活的严峻斗争中赢得胜利。失败固然令人难以承受，但是从来不努力追求成功更为糟糕。在人生旅程中，不付出努力，就会一无所获。现在无需努力仅仅意味着，目前已经积累了过去的努力成果。一个人只有在自己或祖辈努力有成的情况之下，才可以摆脱必须工作的束缚。假若如此获得的自由使用得当，并且这个人仍然在从事实际工作，只是工作性质有所不同，无论是成为作家还是将军，无论是涉足政界还是探幽历险，他都向我们证明了他理所应当获得命运的垂青眷顾。但是，假若他将这段免于工作的自由时间不是当作准备时期，而是当作纯粹的享乐时光，即便可能不是那种堕落的享乐，也只能表明他不过是这世上的累赘，并且有朝一日必须自食其力时，他肯定技不如人。安安逸逸的人生，一言以蔽之，并非满意的人生，特别是对那些渴望在世上有所作为的人来说，尤其显得格格不入。

归根到底，一个国家如要称得上健康的国家，只有构成这个国家的男男女女都过着纯洁清白、朝气蓬勃、身心健康的生活，只有孩子们接受教导，学会竭尽全力，不逃避困难，而是克服困难；不贪恋安逸，而是不畏艰辛、不惧风险，知道如何赢得胜利。男子必须勇敢、忍耐、勤劳，乐于承担男人的工作，能够自立于世，抚养依赖他的亲眷。女子应该成为家庭主妇、持家的良伴、众多健康孩子的机智无畏的母亲。在都德的一部动人心魄、令人感伤的著作中，他谈到"当今世上，年轻妻子对生儿育女的恐惧挥之不去"。当这些言词成为一个国家的真实写照之际，那么这个国家已经腐烂透顶了。当男人对工作或正义的战争望而生怯，当女人将为母之道视为畏途，他们将会因为已处危亡的边缘而战栗不已；他们如从这世上消失殆尽，也不足为奇；他们是一切性格坚强、行为果敢、品格高尚的男人和女人理所当然的嘲笑对象。

　　个人如是，民族亦然。

契诃夫

安东·契诃夫（1860—1904），俄国作家。

作品充满现实主义精神，隐喻色彩浓厚。

代表作有《套中人》《万尼亚舅舅》《三姊妹》等。

※ 生活是美好的（对企图自杀者进一言）

生活是极不愉快的玩笑，不过要使它美好却也不很难。为了做到这点，光是中头彩赢了二十万卢布、得了"白鹰"勋章、娶个漂亮女人、以好人出名，还是不够的——这些福分都是无常的，而且也很容易习惯。为了不断地感到幸福，甚至在苦恼和愁闷的时候也感到幸福，那就需要：一、善于满足现状；二、很高兴地感到："事情原来可能更糟呢。"这是不难的：

要是火柴在你的衣袋里燃起来了，那你应当高兴，而且感谢上苍：多亏你的衣袋不是火药库。

要是有穷亲戚上别墅来找你，那你不要脸色发白，而要喜气洋洋地叫道："挺好，幸亏来的不是警察！"

要是你的手指头扎了一根刺，那你应当高兴："挺好，多亏这根刺不是扎在眼睛里！"

如果你的妻子或者小姨子练钢琴，那你不要发脾气，而要感谢这份福气：你是在听音乐，而不是听狼嗥或者猫的音乐会。

你该高兴，因为你不是拉长途马车的马，不是寇克的"小点"，不是旋毛虫，不是猪，不是驴，不是茨冈人牵的熊，不是臭虫。……你要高兴，因为眼下你没有坐在被告席上，也没有看见债主在你面前，更没有主笔土尔巴谈稿费问题。

如果你不是住在边远的地方，那你一想到命运总算没有把你送到边远的地方去，你岂不觉着幸福？

要是你有一颗牙痛起来，那你就该高兴：幸亏不是满口的牙痛起来。

你该高兴，因为你居然可以不必读《公民报》，不必坐在垃圾车上，不必一下子跟三个人结婚。……

要是你给送到警察局去了，那就该乐得跳起来，因为多亏没有把你送到地狱的大火里去。

要是你挨了一顿桦木棍子的打，那就该蹦蹦跳跳，叫道："我多么运气，人家总算没有拿带刺的棒子打我！"

要是你的妻子对你变了心，那就该高兴，多亏她背叛的是你，不是国家。

依此类推。……朋友，照着我的劝告去做吧，你的生活就会欢乐无穷了。

（汝龙 译）

泰戈尔

罗宾德罗讷特·泰戈尔（1861—1941），印度诗圣、作家、社会活动家。

一生著有60部诗集和其他作品，所作歌曲《向祖国致敬》1950年被定为印度国歌。

名著有《春歌》《晨歌》《园丁集》《鸥集》《新月集》；

小说《沉船》《戈拉》和《家庭与世界》等。1913年以其长诗《吉檀迦利》获诺贝尔文学奖。

※ 起名字

这个女孩是欢乐的生动形象，那天不知她从哪儿降落在她母亲的暖怀里，缓缓地睁开眼睛。当时她赤裸着，默默无言，全身没有力气。但踏上凡世的那一刻，她大声对茫茫宇宙提出自己的强烈要求。她说水是我的，土壤是我的，日月星辰是我的。在这浩茫的世界上，这幼小的女孩初来乍到，没有露出丝毫惶惑和迷茫的表情。这儿好像有她永恒的权力，有她早已熟知的景物。

能请身居要位的显赫人物写一封充满赞扬的举荐信，等于开辟一条在陌生国度的王宫里受到热烈欢迎的道路。在凡世降生的那天，这女孩娇嫩的小手确也握着一封无形的举荐信。是宇宙的至高无上者把署上自己大名的一封信递到她手中的。信中说："这个女孩曾和我形影不离，你们若给予关怀，我将感到欣慰。"

所以，谁还能将她拒之门外呢！苍茫大地当即说道："来吧，来吧，让我把你搂在怀里！"高空的星辰微笑着对她表示欢迎，说："你是我们中间的一员。"春天的鲜花说："我为你准备了甜蜜的水果。"雨季的云彩说："我已净化了你举行灌顶大礼的雨水。"

就这样，降生之时，自然之宫的朱门对她开启了。父母的慈爱也由自然酿造了。婴儿啼哭宣告自己存在的那一刻，陆地、河流、天空以及父母立即发出欢呼。她无须再等待。

然而，还余留着另一种诞生，也就是她要诞生于人类社会。起名字的日子就是她另一个生日。临世的那天，她有了形体，步入自然。今日她又有了姓名之躯，朝社会迈出了第一步。呱呱坠地时，父母立即承认她是他们的骨肉。但如果她只是父母的，可以不起名字；每天用新名字叫她，不会增加他人的损失。可是，她不仅属于父母，她也属于全社会，亿万人的劳作、知识和爱情的巨大宝库是为她建造的。人类社会要给她一个姓名之躯，把她当作社会成员。

人的美姿和精神风貌通过姓名之躯得以表现出来。人起的名字包含全社会的期望和祝福。所以无论如何不能让名字遭到侮辱，变得黯淡无光，而要使名字富于尊严，凭借美感和圣洁在人们心中获得不朽的席位。但愿肉体消失的那一天，姓名之躯依然在人类社会的心殿闪闪发光。

我们经过商议，给这个女孩起名为"阿咪达"孟加拉语中"阿咪达"的意思是无边无际。这个名字寓意深远。我们看到世人的界限的地方，她不受限制。咿呀学语的她，不知道我们为她起名字是多么高兴，不知道外面日新月异的变化，不知道自己拥有什么财富——这样的茫然不知也是不受限制的。

当她长成倩女，她会找到自己的极限，那时她难道不比她熟悉的自己高大得多？人的无限突破自身的界限，这难道不是人最显著的特点？人看清本相的那天，获得撕碎渺小之网的力量，不承认既得利益是人生目标，并接受永久的福祎，认为它原本就是属于自己的。真正理解人的伟人的心目中，我们不是俗人，他对我们说："你们是天堂的儿女。"

我们呼唤名叫阿咪达的天堂的女儿进入我们的社会，祝愿这个名字使她终生铭记诞生的伟大意义。

在印度，为孩子起名字的同时，第一次让他吃饭，这两者有深刻的内在联系。婴儿只占据母怀的日子，乳汁是她的食物，不容他人分享。今日，这女孩有了姓名之躯，进入人类社会，开始品尝民众的食物。人类享用的米饭的第一勺，今日让这个女孩享用。为做这一勺米饭，全社会出了力——某地区的某位农夫，头顶烈日，栉风沐雨，种植水稻；某一位挑夫运送稻谷；某一位商人在市场出售大米；某一位顾客把大米买回家；某一位厨师煮熟米饭，最后送到女孩的嘴里。这女孩一到人类社会就有人侍奉，社会拿出自己的佳肴款待贵宾。这件事本身含义深广，人类以此宣告：我承认我拥有的一切也有你的一份。你将听懂我的名人的格言，享受我的伟人修行的成果，我的英雄慷慨献身将完美你的人生，我的工人开辟的道路上将继续你的人生旅程。但这女孩并不知道她今天赢得了神圣的权力。让今天的良辰在她的一生中开花结果！

此时，我们深深地感到，人不只诞生在一个领域，也就是说，他不仅生在自然界，也生在福善的天地；不仅生在生灵的世界，也生在慈爱和欢乐的世界。自然界是一目了然的，在江河、陆地和花果中间随处可见，可它并非人最急需的栖息地。看不见的爱情和德行，扩展着自己繁多的创造，那充满知识、爱情和善举的欢乐世界，是人梦寐以求的。在这个世界中人有最真切的诞生，因而感觉到父亲般的一个奇妙的存在，这个存在是不可描绘的，想到这个真实是终极的真实，心儿欣喜不已。

因此，这女孩出生的日子，人们不曾对水土火风表达感激之情，而是对水土火风中象征力量的无形生存者躬身施礼；为这女孩起名字的日子，人们不曾摆放供品，对人类社会叩拜，而是祈求人类社会中象征友情、福善的生存者的祝福。

多么奇特，世人的这种认识、这种祭仪！多么奇妙，精神世界中人的这种诞生！多么绮丽，人类的可视世界中那无形的乐园！而人的饥渴和争名夺利司空见惯，不足为怪。

从出生到去世，一生的各个阶段，人认定那无形者值得祭拜而对他行礼，认定那永存者与自己亲密无间而向他呼唤。

今天为女孩起名字的时刻，人们有信心把各种各样名字的载负者和各种各样名字的收容者请进自己忙碌的家中，从而在生灵世界取得无与伦比的最大成就。

何等荣幸，这个女孩！何等荣幸，我们每一个人！

※ 文明的危机

今天我八十岁了，我眼前呈现人生的广阔领域。我目光淡然地从一端望见最前的地平线上生活起步的情景。我感到我的人生历程和整个国家的思想轨迹断为两截，断裂自有其痛楚的缘由。

我们直接通往伟大的人类世界的桥梁，是当时的英国历史。印度的这位外来者，伫立在神圣的文学巅峰上，我们的切身感受中，它的真相逐渐暴露出来。当时，我们缺少寻求知识所需要的不同来源的足够川资。现在，传授各种知识的中心以不断更新的方式揭示世界的本质和其力量的奥秘，那些知识的大部分当时是鲜为人知的，自然科学的专家堪称凤毛麟角。通过英语熟悉和欣赏英语文学作品是高雅情趣和博学多才的标志。日日夜夜，到处回荡着鲍尔克式的辩词和麦考莱式的抑扬顿挫的语调；热烈地探讨莎士比亚的戏剧、拜伦的诗歌，以及政界名人的胜利宣言。诚然，我们开始探索祖国独立的道路，但心里总相信英国的开明。那种信念是如此坚定，以至于我们的先驱们一度认为，失败民族的独立之路，会因征服民族的仁慈而变得宽广。产生那种信念的背景是，英国曾经有过被压迫民族的庇护所，有过为民族尊严献身的志士仁人的尊贵的席位。我在接触过的英国人的品行中，看到人类友谊的纯真，因此怀着由衷的敬意，让他们坐在我珍贵的心座上。当时，帝国的疯狂尚未玷污英国人本性的友善。

少年时代我曾在英国学习，在议会内外的会议上听过约翰·白莱特的演讲。我从中听到了英国人隽永的心声。那演讲中昭示的宽广胸怀，超越一切民族的狭隘界限，影响深远，我至今记忆犹新。在"至美"迷途的今天，我依然珍藏着当年的回忆。

依靠别人固然不是光荣的事，然而，在阅历尚浅的年月里，我们看到的人性的崇高形象，哪怕是在外国人身上表现出来的，也敬重地毫不迟疑地接受了，这还是值得称道的。其原因在于，人最美好的东西，不可能囿于某个狭隘的民族的范围之内，绝不是守财奴关闭的库房里的财物。所以我从中汲取了营养的英国文学的胜利号音，至今在我心田回响。

我们把"civilization"译成"萨维达"（孟加拉语单词，意谓文雅、文明）。其实孟加拉语中不容易找到与"civilization"完全对应的单词。我国古今使用的单词"萨维达"，种姓制度的鼻祖玛奴称之为"善行"，实为某些社会法规的限制。古代关于社会法规的观点，局限于狭小的地域。在沙罗萨迪河和特里斯帕梯河之间盛极一时的巴拉马波尔特国，把世代流传的仪式也叫做"善行"。这些仪式以风俗为基础，残酷而不公道。由于这个原因，盛行的礼教只重视我们的举止，蛮横地剥夺了心灵的自由。玛奴在巴拉马波尔特国制定的善行标准，渐渐演化为民俗。我刚踏上人生旅途的时候，在受过英国教育的知识分子心里，正蔓延着反叛外在礼教的情绪。只要读一读罗贾纳拉扬先生撰写的有关教育界现状的文章，就能明白这一点了。我们糅合文明理想和英格兰民族特性，用以取代善行。在我们的家庭中，无论是宗教观点、社交方式，还是理性的家教等方面，这种嬗变被全盘接受了。我就是在那样的文化氛围中出生的。我们天性的文学爱好，合乎情理地把英国人扶坐在高位上。这是我人生的第一阶段。之后，出现了异常痛苦的隔阂。我时常发现，承认文明是从心灵之泉喷涌出来的一些人，为欲望所驱使，肆意破坏着文明。

有一天，我冲破意蕴深厚的文学作品的包围，走到书斋外面。我面前的印度民众的极端贫困是那样触目惊心。对于身心不可缺少的食品、衣服、饮用水和教育的严重匮乏，在世界上实行现代统治的任何国家，是不会出现的。而正是印度，一百多年来不得不为英国提供了大量财富。我专注地回顾文明世界的业绩的时候，无法想象打着文明旗号的人类理想会有如此悲惨的变态。最后我察觉到，这种变态暴露了文明国家对别国亿万群众的无限冷漠和鄙夷。

英国依仗机器动力维持其世界霸权，印度却被剥夺了充分使用机器的权利。我看到日本广泛使用机器，在各方面迅速富强了起来。我曾亲眼目睹日本的繁荣和日本国内的文明统治。在苏联的莫斯科，我看见劳动群众为普及教育、提高全民的健康水平，不遗余力地工作，荡涤着辽阔的沙俄帝国的愚昧、贫穷和自卑自贱。他们的文明捐弃民族歧视，处处扩展着真挚的人际关系的影响。访问莫斯科时，苏俄的出色行政管理，令我赞叹不已。我注意到穆斯林和非穆斯林群众之间，没有围绕国家权力分配爆发冲突；统治制度起着真正维护双方的共同利益的作用。目前，主要是两个国家——英国和苏联，拥有对其他许多国家施加影响的国力。英国一向扼杀其他民族的斗志，使之一蹶不振。但苏联政府与沙漠地区游牧的几个穆斯林民族建立了同盟关系。我可以作证：他们从各方面使少数民族强盛的努力是始终如一的。我读了有关的书籍，见过苏联政府尽力将他们培养成合作者的事例。这种政府的影响，从任何意义上说，都不是粗暴的，不会损害人性。那儿的统治，绝非外国势力的碾压机般的可怕奴役。此外，我看到觉醒的波斯国，被两个欧洲国家蹂躏的时候，千方百计增强自身的力量，终于免受欧洲的疯狂进攻的獠牙的啮啃。早先祭火教徒和穆斯林之间残酷的拼杀，已在文明统治下完全平息了。否极泰来的主要原因，是他们冲出了欧洲国家的阴谋之网。我衷心祝愿波斯国繁荣昌盛。在我们的邻邦阿富汗，教育和社会政策的意义深远的优越性尚未显露，但显露的可能性完好无损。唯一的原因，是炫耀文明的欧洲国家征服不了它。阿富汗在发展和自由之路上阔步前进。

印度胸脯上压着英国文明统治的磐石，坠入一筹莫展的停滞的困境。英国为牟取暴利，凭借武力，用鸦片毒害像中国那样幅员辽阔的文明古国，攫取中国的一部分土地。当我渐渐淡忘昔日那种悲剧的时候，又看见日本在侵吞华北。英国制定国家政策的权贵们，轻狂地把日本的强盗行径视为一件不足挂齿的区区小事。之后，我遥遥地望见英国玩弄花招，凿毁了西班牙共和国政府的基石；也望见一群英国人因西班牙的危境而投降。虽然英国人的慷慨在面临危亡的中国未能恰如其分地表现出来，但当我看到他们的某些英雄为维护欧洲平民的独特个性而献身时，我不由得记起，我一度视英国人为人类的造福者，深信不疑地尊敬他们。

今日，我冷静地回顾了对欧洲国家的天然文明的信任逐步丧失的可悲过程。推行"文明"统治，导致印度目前最深重的灾难，不仅表现于缺少食品、衣服，令人悲哀的教育、健康水平的低下，还表现于印度人民中间惨痛的自我分裂。类似的情形，我在印度之外的伊斯兰国家还没有见过。我们的危险在于，只把这种灾难归咎于我们的社会。这种越来越骇人听闻的灾难，假如在远离印度统治机器的僻静的所在，不靠挑唆加以培植，那么，就不至于造成印度历史上凌辱人格的不文明局面。印度人的才智在某个方面比日本人差，这是难以置信的。两个东方国家的主要区别在于，印度被侵占，推行英国统治，而日本不在任何西方国家的卵翼之下。外国人的文明，你愿意称之为文明的话，我深知它掠夺了我们的什么珍异。它手持棍棒炮制的东西，取名为法律和秩序，是地地道道的舶来货和护门神。西方国家的文明已没有慎重对待民愤民怨的耐心，它向我们显示的是武力而不是自由的本相。实际上，人与人的关系最为珍贵，堪称真正的文明，它的悭吝，严密阻塞了印度人民发展的道路。

我个人荣幸地结识了几位心地善良的英国人。我在别国的任何教派中不曾见到他们和我的纯洁友情。他们至今把我的信任与英国维系在一起。例如查尔斯·弗里伊·安德鲁斯先生（泰戈尔聘请的教授），我有幸作为朋友，在身侧看到他是一位真正的英国人，真正的基督教徒，真正的世界公民。在死亡临近的时刻，他那无私无畏的高尚品德，放射出熠熠光辉。我与印度感谢他有多种原因，私交则更使我对他感激不尽。青年时期，在英国文学的氛围中，我全身心地表达对英国的纯净的敬意，在耄耋之年，他协助我抹掉记忆中英国的狭隘和污点。对他的怀念和英格兰民族内在的崇高灵魂，是我心空闪闪发光的北斗星。我把他们当作挚友，认为他们是所有民族的友人。他们的友情是我一生中积累的一份宝贵财富。我觉得他们能从沉船中打捞出英国的伟大。若不与他们结识，不与他们朝夕相处，我对西方国家的失望，是不会受到抗议的。

最近，在整个欧洲，野蛮张牙舞爪，散布着恐惧。折磨人类的瘟疫，在西方文明的骨髓里复活，凌辱着人类灵魂，浸染着山川平原上吹拂的和风。处于无助的密不透气的困厄中，我们难道不曾获得预兆？

物换星移，天道无常。英国迟早要放弃印度帝国，但它留给我们的是怎样的一个印度呢？一堆可怜的贫困的垃圾？一百多年的统治之河干涸之时，宽阔泥泞的河床承托着目不忍睹的荒凉？在人生的起点，我由衷地相信欧洲心中的宝藏是文明的贡献。可是在行将辞别人世之际，我的相信彻底破产了。

我坚信救世主即将诞生在贫穷困扰的茅屋里，我期待着他走出东方的地平线，携来文明的福音，对人们作出最可信的承诺。

我的人生之舟向彼岸驶去。背后的码头上，我遗留下什么？我看见了什么？历史残剩的微不足道的文明的废墟？不错，对人类失去信心是一种罪过，一息尚存，我满怀信心。我希望一场毁灭之后，满天的愁云惨雾荡然无存，从红日东升的地平线，铺展洁净的历史篇章。不可战胜的人民踏上恢复尊严的道路，排除万难，胜利向前。

我一贯认为：断言人性的失败无可挽回、永无尽头，无异于犯罪。我留下的遗言是：证明强权者耀武扬威、暴戾恣睢并非安全的日子已经来到。未来的岁月必将证实：

> 伟人冉冉降临，
>
> 遍野的芳草瑟瑟喜颤。
>
> 天国吹响法螺，
>
> 胜利的锣鼓声响彻人间。
>
> 伟大的诞生日，
>
> 黑夜的城堡轰然倾圯。
>
> 莫怕！莫怕！莫怕！
>
> 在旭日喷薄的东山之巅，
>
> 这庄严响亮的呐喊
>
> 把新生活的美景展现。
>
> 胜利属于新的一代！
>
> 欢呼声回荡在明丽的蓝天。
>
> 圣蒂尼克坦

1941年5月7日

※ 通往天堂的路

父亲脚步沉重地从焚尸场回来了。

七岁的儿子光着上身，颈上绕一条黄色圣线，孤零零地站在临街二楼的窗户旁边。

他在想什么，他自己也不知道。

一轮朝阳在楼前苦楝树后面悄然闪现。卖生芒果的小贩走进胡同，吆喝几声，转身离去。

父亲疼爱地把儿子抱在怀里。儿子问："妈妈在哪儿？"

父亲缓慢地仰起头："在天堂。"

当天夜里，悲恸、疲惫的父亲在噩梦中不住地呻吟。

门口，灯笼闪着凄黯的光，墙壁上趴着一对蜥蜴。不知什么时候，七岁的儿子上了空寂的露台。

四周，熄了灯的一幢幢楼房，仿佛是地狱的卫兵，直立着打瞌睡。

他迷茫的心里像在问什么人：哪儿是通往天堂的路？

夜空没有传来回答。只有疏星默默地流着黑色的眼泪。

※ 春天的遐想

春风轻拂着田边娑罗树新绽的绿叶。

纵观进化史，人类的一部分与树木不可分割。古时候，我们曾是猿猴，人体上找得到确凿的证据。但我们岂能忘记在那以前的鸿蒙时期，我们曾经是树木！洪荒年代杳无人影的正午，春风不打个招呼，飒飒地从我们的枝叶间溜走。当时我们何曾撰写文章？何曾弃家为国效力？我们终日聋哑人似的伫立着，摇晃着，全身叶片像疯子一样沙沙地狂歌。从根须至纤纤嫩梢，体内奔涌着生命的洪流。2月、3月，是在液汁充盈的慵懒中，含糊不清的絮语中度过。为此不必回答任何质问。倘若你接口说："此后便是懊悔的日子，4月、5月的干旱，只能默默地忍受。"我表示同意。对鸿蒙时代所作的猜测，有何理由不接受！滋生甘浆的日子，享受；赤日炎炎的日子，忍耐。这既然轻易地成为定规，那么，天宇饱盈的慰藉的甘霖降落下来，我们也必有能力吮吸并贮藏在骨髓里。

我本不愿讲这些话，免得让人怀疑我借助形象思维进行说教。不过，怀疑不是没有一点根据。我本来就有坏习惯嘛。

我说过，进入进化的最后阶段，"人"分为许多类别：固体、植物、禽兽、野蛮人、文明人、神祇，等等。不同的种类有不同的诞生季节，哪一类归哪一个季节，确定的责任，不用我承担。发誓一辈子以一个结论来应付各种局面，免不了说些假话。我同意说假话，但那般辛劳我承受不了了。

如今我安闲地眺望前方，写文章择选自以为简单的题材。

漫长的冬天结束之后，今日中午，田野刚散发出新春的气息，我在身上就察觉到世俗生活的极大的不和谐。它的乐调与广大的空间不合拍。我对冬日世界的企望，至今原封不动地存在着。仿佛有一股势力，让心灵击败季节的嬗变，然后麻木不仁。心灵的才能超群绝伦，哪件事干得不漂亮？它可以不理睬南风，一溜烟进入大商店。我承认它能这样做。但它非这样做不可吗？南风不会因此死在家里？末了究竟谁蒙受损失？

前一段日子，我们的阿姆拉吉树、穆胡亚树和娑罗树的叶子萧萧飘零。帕尔衮月（印历11月，公历2月至3月），像远方的旅客走到门前，吹口气，树叶凋落即刻停止，枝条上绽放了嫩叶。

我们是俗人，没有那种本事。周围风变了，树叶变了，色彩变了，我们仍像套轭的黄牛，拉着旧岁的沉重包袱，车后尘土飞扬。驭手胸口顶着的仍是老式牛车。

手头没日历，今天好像是帕尔衮月15或16了。春天的女神正值十六岁妙龄。然而，人间周报一如既往地出版、发行。有消息说，当局出于关心我们的利益，正一面忙着修改法律条款，一面加紧审理案件。茫茫宇宙之中，这些不是特别重要的事情。每年春天的使者全然不理会总督、县长、编辑、副编辑的忙碌，从南海波浪的盛大节日携来新生活的喜讯，在大地重新播布不朽生命的诺言。这对于人绝非小事，可惜我们没有闲暇细细玩味。

过去，听见天上打雷，我们立刻停课。雨季一到，外出做工的纷纷归来。我不敢断言：雨天无法学习，无法在外地工作。人是自主而特殊的，向来不牵着物质世界的衣摆。然而，人凭借力量越来越明显地叛逆瑰丽的自然难道合乎情理？人承认与自然的亲缘关系，对南风略表尊重，为欣赏天空翻卷的雨云而暂时停止学习、工作，停止批评法制，这不会在人世的合奏中搀入不谐和的杂音。历书上规定某些日子禁食茄子、冬瓜、豇豆，看来得增加几条——哪个季节读报属非法活动，哪个季节不设法不上班是犯罪。这项任务不可交给缺乏幽默感的死脑筋，而应让学科创始人去完成。

"情女的心儿在春天啜泣"，这是我们在古诗中读到的诗句。如今我们若写情诗，下笔必然犹豫不决，担心遭到读者的讥笑。于是，我们割断了诗魂与自然的联系。春天树林里繁花竞相开放的时节，是它们芳心的艳丽展露的节日。枝头洋溢着自我奉献的激情，绝不掺杂锱铢必较的念头。至多结两个果子的地方，缀着二十五个花蕾。人岂忍心堵塞百花的艳丽之流？自己不开放，不结果，不奉献？光顾拾掇房间？擦洗器皿？没有家务缠身，便一门心思织毛围巾织到下午4点？

我们彻头彻尾是人，与秘密酿造春天的甜蜜的枝条花叶毫无干系？鲜花和我们那么生疏，花开的吉辰，我们照样身着制服去上班？无可言喻的冲动，不曾使人们的心像叶片一样微颤？

我今日承认我与树木有着源远流长的亲谊。我不同意紧张工作是生活中无可比拟的成功的观点。森林女神，自古是我们的亲姐姐，今天邀请我们这些小弟弟进入她的华堂，为我们描吉祥痣。在那儿人们应该像和亲人团聚那样与树木团聚，捧着泥土在凉阴下消度时光。我欢迎春风欢快地掠过我的心田，但不要卷起林木听不懂的心语。直至杰特拉月（印历12月，公历3月至4月。）下旬，我把在泥土、清风、空气中濯洗染绿的生活播布四方，然后静立在光影之中。

可是，唉，没有一项工作停止，文债的账簿在面前摊开着。落入世风的庞大机器和杂事的陷阱，春天来了，依旧动弹不得。

我向人类社会恳切地呼吁：设法改变这种不正常的现状！人的光荣不在于与世界的脱离，人伟大是因为人中间蕴藏世界的全部神奇。人在固体中是固体，在树木中是树木，在飞禽走兽中是飞禽走兽。自然王宫的每座殿堂对他是敞开的。但敞开又怎样！一个个季节从各个殿堂送来的节日的请柬，人若不收下，一动不动坐在椅子上，那博大的权利如何获得？做一个完整的人，需和万物浑然交融，人为何不记住这一点，却把人性当作叛逆世界的一面小旗举起？为何一再骄傲地宣称："我不是固体，我不是植物，我不是动物，我是人。我只会工作、批评、统治、反叛？"为何不说："我是一切，我与万物不可分离。独居的旗子不属于我？"

咳，社会的笼中鸟！今天，高天的蔚蓝如思妇的瞳仁中浮现的梦幻，树叶的葱绿像少女秀额似的新奇，春风和团圆的热望一样活跃，可你敛起双翼，绕足的琐事的锁链丁当作响。

这，就是人生！

※ 人生旅途

我在路边坐下来写作，一时想不起该写些什么。

树阴遮盖的路。路畔是我的小屋，窗户敞开着，第一束阳光跟随无忧树摇颤的绿影，走进来立在我面前，端详我片刻，扑进我怀里撒娇。随后溜到我的文稿上面，临别的时候，隐隐留下金色的吻痕。

黎明在我作品的四周崭露；原野的鲜花，云霓的色彩，凉爽的晨风，残存的睡意，在我的书页里浑然交融；朝阳的爱抚在我手迹周遭青藤般地伸延。

我前面的行人川流不息。晨光为他们祝福，真诚地说："祝你们一路顺风。"鸟儿在唱吉利的歌曲。道路两旁，希望似的花朵竞相怒放。启程时人人都说："请放心，没有什么可怕的。"

浩瀚的宇宙为旅行顺利而高歌。光芒四射的太阳乘车驶过无垠的晴空。整个世界仿佛欢呼着天帝的胜利出现了。黎明笑吟吟的，臂膀伸向苍穹，指着无穷的未来，为世界指路。黎明是世界的希冀、慰藉，白昼的礼赞，每日开启东方金碧的门户，为人间携来天国的福音，送来汲取的甘露。与此同时，仙境琪花的芳菲唤醒凡世的花香。黎明是人世旅程的祝福，真心诚意的祝福。

人世行客的身影落在我的作品里。他们不带走什么。他们忘却哀乐，抛下每一瞬间的生活的负荷。他们的欢笑悲啼在我的文稿里萌发幼芽。他们忘记他们唱的歌谣，留下他们的爱情。

是的，他们别无所有，只有爱。他们爱脚下的路，爱脚踩过的地面，企望留下足印。离别洒下的泪水沃泽了立足之处。他们走过的路的两旁，盛开了新奇的鲜花。他们热爱同路的陌生人。爱是他们前进的动力，消除他们跋涉的疲累。人间美景和母亲的慈爱一样，伴随着他们，召唤他们走出心境的暗淡，从后面簇拥着他们前行。

爱情若被锁缚，世人的旅程即刻中止。爱情若葬入坟墓，旅人就是倒在坟上的墓碑。就像船的特点是被驾驭着航行，爱情不允许被幽禁，只允许被推着向前。爱情纽带的力量，足以粉碎一切羁绊。崇高爱情的影响下，渺小爱情的绳索断裂，世界得以运动，否则会被本身的重量压瘫。

当旅人行进时，我倚窗望见他们开怀大笑，听见他们伤心哭泣。让人落泪的爱情，也能抹去人眼里的泪水，催发笑颜的光华。欢笑、泪水、阳光、雨露，使我四周"美"的茂林百花吐艳。

爱情不让人常年垂泪。因一个人的离别而使你潸然泪下的爱情，把五个人引到你身边，爱情说："细心察看吧，他们不比那离去的人逊色。"可是你泪眼朦胧，看不见谁，因而也不能爱。你甚至万念俱灰，无心做事，你向后转身木然地坐着，无意继续人生的旅程。然而爱情最终获胜，牵引你上路，你不可能永远把脸俯贴在死亡上面。

拂晓，满心喜悦动身的旅人，前往远方，要走很长很长的路。沿途没有他们的爱，他们走不完漫长的路。因为他们爱路，迈出每一步都感到快慰，不停地向前；也因为他们爱路，他们舍不得走，腿抬不起来，走一步便产生错觉：已经获得的大概今后再也得不到了。然而朝前走又忘掉这些，走一步消除一分忧愁。开初他们啜泣是由于惶恐，除此别无缘由。

你看，母亲怀里抱着婴儿走在人世的路上。是谁把母子联结在一起？是谁通过孩子引导着母亲？是谁把婴儿放在母亲怀里，道路便像卧房一样温馨？是爱变母亲脚下的蒺藜为花朵！可是母亲为什么误解？为什么觉得孩子意味着她"无限"的终结呢？

漫长的路上，凡世的孩子们聚在一起娱乐。一个孩子拉着母亲的手，进入孩子的王国——那里储藏着取之不竭的安慰。因着一张张细嫩的脸蛋，那里像天国乐园一般。他们快活地争抢天上的月亮，处处荡漾着欢声笑语的波澜。但是，你听，路的另一侧，可爱无助的孩子在啼哭！疾病侵入他们的皮肤，损坏花瓣似的柔软肢体。他们纤嫩的喉咙发不出声音。他们想哭，哭声却消逝在喉咙里。野蛮的成年人用各种办法虐待他们。

我们生来都是旅人，假如万能的天帝强迫我们在无尽头的路上跋涉，假如严酷的厄运攥着我们的头发向前拖，作为弱者，我们有什么法子？启程的时刻，我们听不到威胁的雷鸣，只听见黎明的诺言。不顾途中的危险、艰苦，我们怀着爱心前进。虽然有时忍受不了，但有爱从四面八方伸过手来。让我们学会响应不倦的爱情的召唤，不陷入迷惘，不让残酷的压迫用锁链将我们束缚！

我坐在络绎不绝的旅人的哀泣和欢声的旁边，注视着，沉思着，深爱着。我对他们说："祝你们一路平安，我把我的爱作为川资赠给你们。因为行路不为别的，是出于爱的需要。愿大家彼此奉献真爱，旅人们在旅途中互相帮助。"

梅特林克

莫里斯·梅特林克（1862—1949），比利时法语作家、诗人。
代表作《青鸟》《明智和命运》《蜜蜂的生活》《花的智慧》《大秘密》《蚂蚁的生活》，
以唯灵论的观点研究一切生动的命运，写得细致生动。1911年获诺贝尔文学奖金。

※ 论沉默

　　"沉默与奥秘！"卡莱尔喊道，"必须为它们设立赢来普遍崇拜的祭坛（如果人们今天仍然设祭坛）。大事在沉默中酝酿成，最终显出本相，在生活的光芒中宏伟壮观，卓越绝伦。世上并非只有一个寡言英雄纪尧姆，我认识的所有伟人，甚至最乏外交手腕、最无战略眼光的人也能克制自己不谈自己的计划与功绩。当你茫然不知所措时，请把舌头拴上一天吧，次日，你的计划与任务将一目了然！一旦外界的杂音不再入耳，你身上还有什么渣滓和垃圾不能被这些哑巴工人清除呢？"话语常常不像法国人所说的那样是掩盖思想的艺术，而是窒息并中止思想的艺术，致使无思想可再加掩盖。话语固然重要，但并非最重要。瑞士格言说得好：Reden ist Silber, Schweigen ist Gold, 话语是银，沉默为金。或者不如说：话语有限，沉默永恒。

"蜜蜂只在黑暗中工作，思维只在沉默中进行，德行在秘密中……"

不能相信话语会在人们之间起到真正的沟通作用。用唇与舌表达心灵，无异于以数字与符号表现梅姆灵的画。一旦我们真有什么要说，我们不得不缄口不言。若此时想抵御不露真身然却咄咄逼人的沉默，我们就犯下了人类智力最瑰丽的珍宝都无法弥补的永久过失，因为我们失去了倾听另一心灵的机会，失去了赋予我们自己的心灵一刻生存的机会。人生在世，如此之机不来两次。

我们只在并不生活着时才开口，此时，我们不愿觉察我们的兄弟，我们感到远离现实，一旦开了口，就有某种东西告知我们：神奇之门关闭了。因此，我们不滥用沉默：最冒失的人见到生人并不闭嘴。人人皆有的非凡直觉警告我们：对不愿认识的人或不喜欢的人不做声是危险的。话语在人们中流传而过，而沉默，如果变得主动，就永远也抹不掉。真正的、唯一留下痕迹的生产，只能由沉默造成。想一想，在沉默中（为要自己解释自己，必须求助于这一沉默），如果你能钻入心灵中天使居住的深处，这时你首先回想起某个深受你爱戴的人的东西，并非他的话语，亦非他的动作，而是你们共同经历的沉默——正是沉默的性质独自揭示了你的爱与你的灵魂的性质。

这里我只涉及了主动的沉默，因为还有一种被动的沉默，它只是睡眠、死亡或非存在的反映。这种困乏入睡时的沉默比话语更不可畏，但某种意外状况可以突然唤醒它，于是它的兄弟——主动沉默——就出来即位。当心！两个心灵将融通，隔板将倒塌，堤坝将溃毁，平凡的生活将让位于新的生活，这时，一切都将变得严肃，一切都不提防，一切都不敢笑，一切都不服从，一切都不被忘却……

正因为无人不晓这阴沉的力量和它危险的举动，我们才对沉默怀有深深的惧意。迫不得已时，我们忍受孤立的、自身的沉默，几个人的、人数倍增的、尤其是一群人的沉默却是超自然的负担，最强的心灵都畏惧其无以解释的分量。我们消耗大部分生命寻找沉默统治不到的地盘。一旦两三人相遇，他们只想驱逐看不见的敌人，要知道，多少平凡的友谊不是建筑在对沉默的仇恨之上？假如人们白费了努力，沉默仍成功地潜入聚集者之中，他们便会不安地从事物未知的庄重一面扭转脑袋，然后马上走开，将位置留给生人，从此便互相回避，唯恐百年之搏斗再次落空，唯恐有人偷偷向敌手敞开大门。

大多数人一生中仅有两三次懂得并允许沉默，他们只在某些庄严场合才敢迎接这位难以识透的来客。然而那时，几乎所有人都恰当地迎接它。因为即使最卑鄙者有时也懂如何行事，恰如他们早已知晓神所知晓之事一样。回忆一下你毫无畏惧地遇到的第一次沉默吧。可怕的钟点已然敲响，它前来迎向你的心灵。你见到它从谁都没说过的生活的洞穴中升起，从美或恐惧的内心大海深处升起，你并不逃走——这是在起跑线上的回转，快乐中面临死亡、濒于遭难。你还记得神秘的宝石闪烁着光芒，入睡的真理猛然觉醒的时刻吗？难道沉默并非必要，敌人不断的爱抚不是神圣的吗？不幸的沉默的亲吻——沉默尤其在不幸中拥抱我们——再不能被遗忘，比他人更常认识沉默的人比别人更强。也许只有他们知道日常生活的细薄表皮漂荡在何等沉哑幽深的水上，他们走近上帝，他们走向光明的脚步永不迷失方向。心灵可以不升华，但绝不可堕落。

"沉默，伟大的沉默王国。"熟谙人生王国的卡莱尔还叫道，"比群星还高，比冥府更深！沉默，高贵的沉默者！他们散布在四面八方，在各自的城乡，在沉默中思想，在沉默中工作，晨报根本不提他们——他们是大地之盐，国家若是没有或缺乏这些人则走不上正轨——就像一座没有根的森林，尽管枝叶茂盛，但很快就将枯萎，不成其为森林……"

比卡莱尔讲的庸俗沉默更重要也更难达到的真正沉默，并不是那种会抛弃人们的神。它四面围绕着我们，是我们暗指的生命的基础，一旦有人颤抖地叩响了深渊的洞扉，总是这个主动沉默前来打开此门。

在无以度量之物面前，众人一律平等；而面对死亡、痛苦或爱情，国王的沉默与奴隶的沉默一模一样，皆将相同的珍宝藏在不透的外套里。作为我们心灵不可侵犯的庇护所，这一沉默的奥秘将永远不会丢失。假如人类的第一位祖先遇到了地球上最后一个居民，他们也会以相同方式缄口不言，真诚相见，尽管相距千万年，他们也好像曾熟睡在同一摇篮中，他们将同时明白世界末日之前嘴唇不会去学说的东西。

一旦嘴唇熟睡，心灵就苏醒并活动起来。因为沉默本是充满意外、危险及幸福的因素，沉默中的心灵自由地控制着自身。假若你真正愿意把自己托于某人，你就沉默吧；假若你害怕在他面前静默——除非这种害怕出于渴望奇迹的爱的敬畏与吝啬——你就离开他吧，因为你心中已然有数了。有些人，连最伟大的英雄都不敢在他们面前默不作声，无所可隐的心灵却担忧被其他心灵所揭开。还有一些人从不沉默，在他们周围得不到安静——他们才是唯一真正不被人注意的人。他们无法穿越"暴露"这一闪烁着稳固而忠诚的光芒的地带。对那从不闭口的人我们怎么也得不出一个确切的概念。可以说他们的心灵没有面目。"我们尚未互相熟悉，"一位我所爱的人在来信中写道，"我们还不敢互相沉默。"完全正确，我们彼此如此深爱，以致曾经害怕忍受超常的考验。每当沉默——最高真言的天使、爱的特殊陌生的使者——降临，我们的心灵似乎都要下跪求情，恳请一时的无故谎话、天真无知或童心稚气。但无论如何，这一时刻必须来到。它是爱的太阳，像天上太阳催熟大地的果实那样催熟心灵的果实。不过人们对它的惧心也非毫无来由，因为人们对面临的沉默的性质一无所知。若说一切话语颇为相似，所有的沉默则千差万别。大多数时候，整个命运取决于两个心灵所造成的第一次沉默的性质。混杂产生于不知何处，因为沉默的储库比思维的储库更加高深，无法料及的饮料会变得苦涩无比或甜蜜万分。两个可钦可敬而同样有力地心灵会导致敌对的沉默，在黑暗中殊死搏斗，而一个苦役犯的心灵面对一个处女的心灵却会神妙地缄口不言。人们事先一无所知，在这个天国里一切皆不抢先。因此，最温柔的情人们往往推迟到最后一刻才郑重披露心底的重大隐私……

他们也知道，真正的爱将最浮浅轻佻的人也拉入了生活的中心，其余一切皆是围墙外的儿戏，现在城墙在倒塌，生活打开了大门。他们的沉默抵得上他们隐藏的神，如果他们在第一次沉默中不能互相理解，他们的心灵就不能互爱，因为沉默是根本不变的。它可以在两个心灵之间升上降下，但其本质永不改。直到情人们死亡时，它仍将具有第一次进入洞房时的那种姿势、形态和力量。

随着人生道路上的迈进，人们会发现，一切将按某种无以名之的契约依次发生，对此先决之契约，人们不透半点口风，甚至想都没想，然而人们知道它存在于我们脑袋之上。初次相见时最无效的就是笑脸相迎，俨然一副熟谙众兄弟命运的派头。那些言谈最深刻的人最明白，言词从来无法表达两个人之间真实而特殊的关系。如果说，我现在向你谈的是最严肃的事：爱情、死亡或命运，我还是未触及死亡、爱情或命运，哪怕竭尽全力，我们之间将永远存在一种没有说到的、甚至没想到说的真理，这无声的真理将在我们中单独存在一时，令我们不能想及他事。这一真理。才是我们关于死亡、命运或爱情的真理，唯有在沉默中才能隐约窥见它。非沉默不能承担这一重任。

在某个童话中有位女孩说："我的姐妹们，你们每人都有神秘的念头，我想知道它。"我们也是如此，我们身上也有某种别人想了解的东西，不过它隐藏得比神秘念头更深——这就是我们神秘的沉默。任何询问都无济于事。精神对其守卫的任何骚扰都会成为了解存在于这一秘密中的第二生命的障碍。为弄清灵魂深处真实存在之物，必须在我们之间保持沉默。唯有在沉默中，那些依据人的心灵而不断改变其形状与颜色的意外而永恒之花才能绽开一时。心灵在沉默中显出重量，就如同金子和银子在纯水中显出重量，我们的话语只有浸润在沉默中时才显出意义。如果我对某人说我爱他，他不会明白我也许已对其他千万人说过的这句话，但假如我真的爱他，那么，随之而来的沉默将显示出今天这一词的根系已扎入何处，并产生出默默的确信，这沉默与确信在一生中没有两次是相同的……

难道不是沉默决定了爱的滋味吗？一旦被剥夺了沉默，爱也就既无味道也无永久的芳香了。谁熟悉这一离嘴唇而聚心灵的寂静时刻？必须不断地去寻求它。再没有比爱的沉默更为温顺的沉默了：这是真正唯一属于我们自身的沉默。其他崇高的沉默，如死亡、痛苦或命运的沉默并不属于我们。它们按自己选择的时间从事件深处向我们走来，它们不曾遇到的人无需自我谴责。我们可以迈着爱的沉默而去。它夜以继日地等候在我们的门槛前，像它的兄弟们一样美丽。全靠它，那些几乎不落泪的人才能像那些不幸的人一样怀着亲密的感情生活下去，十分懂得爱的人了解的秘密与其他人不了解的秘密一样多，因为在友谊与爱情深沉而真切的嘴唇的静默之中有着其他嘴唇永远不能闭口不言的成千上万的东西。

（余中先 译）

本森

亚瑟·克里斯托弗·本森（1862—1925），英国作家，
坎特伯雷大主教爱德华·怀特的长子。
代表集子有《静水旁》《学院窗》和《记忆与朋友》。

大师谈人生

165

※ 变老

    我在河边一个人散步回来时，太阳在无叶子的榆树和有城垛的塔楼后闪射出红彤彤的光芒，烟囱上悬浮着轻纱一样的流烟，在金色的光线里一片蓝色。公地上的各种比赛刚刚结束，一溜身着长外衣的观众向镇上走去，间杂着运动员那些颜色混杂泥迹斑斑的身影。我在河岸上溜达了半个下午，目送着船只上下往来，倾听着公鸡扯尖嗓子鸣叫，船桨有节奏的击水声，桨架有韵律的吱嘎声，时不时

还会传出铁链传动渡船的摩擦声。25年前，我自己曾在这里挥桨划动这些船里的一只，可我并不希望重新体味这种经历了。我如今已弄不明白，我是为什么，又在什么样微不足道的善意或者错用的爱国主义时刻，竟同意加入其中划船。我不是一名好桨手，到底也没有练成高手。我对我的表现不抱什么幻想，瞬间的自满都会被岸上教练粗声大喉的批评喝断，哪怕是我们在喘口气儿期待表扬的奖赏或者责怪的时候。不过，尽管我无意重复这一过程，重尝那种我分明觉得始终无法忍受的奴役，但是此时此刻兴趣盎然地看着这种欢天喜地的场面，也免不了一丝苦涩，因为我感觉到我告别了某种东西，一种特有的活泼，身体的柔韧，也许是精神的弹性，我当初对它一无所知，可现在我认识到我一定拥有过的。既赞赏又羡慕，我望着这些年轻、健壮的身影，裸颈露膝，有节奏地挥桨而过。我看见一伙生龙活虎的桨手在船坞旁的水边提着一艘船，他们中间的另一半桨手潜在水下扶着船帮的另一边，形成一列肃穆的队伍向嘎嘎作响的沙砾层走去。我看见一对兴致勃勃的年轻人，刚刚划完小船，在水边跳起舞来，又疯狂又随意；我看见尾桨手与教练在严肃地讨论深层意义的问题；我还看见一个肢体干净清朗的年轻人步履轻灵地去赴一顿名正言顺的茶点，但愿他心清气爽，心无焦虑，一心想的是度过一个惬意的傍晚。"哦，三位一体的琼斯，哦，女王的史密斯，"我在心里说，"tua si bona noris！（拉丁文，意为早知道什么对你有益多好啊。）尽情享用美好的时光吧，我的孩子，享受够了再去办公室，再去四层结构的房间，或者乡村的教区！规规矩矩地生活，广交以心换心的朋友，遍览前人留下的好书，留住各种美好的记忆，比如在古老宫廷里炉火融融的房间，比如言无不尽的交谈，又比如为喜庆而喜庆的宴典。凉丝丝的清晨空气十分新鲜，新绽开的鸟眼花非常清香，刀叉丁当摆放的声音非常清脆，烤牛排的香气萦绕在学院大餐厅的黑黝黝的椽头，令人馋涎欲滴。然而学日转眼即逝，学期送走一个少一个，千万别忘了做一个又理智又友善的年轻人！"

萨克雷在一首令人陶醉的叙事曲里，占用了一面可爱的书页，等待他走过不惑之年：噫，我等待——确实，我做得有几分超越常规——而今天这生气勃勃的生活的景象，一如既往地向前流逝，同样漫不经心，同样充满快活，让我有心情反思，拾起记忆的碎片，看看是不是全都失去，全都倾叙，或者是不是还留住了什么，在所留住的东西后面还有力量。

我有一种看法，那便是一个人应该以平静而恬淡的方式变老，应该把自己生命的时间过得心满意足，无怨无悔，各种娱乐和追求应该变换得自然，随意，不可放弃得遗憾。一个人不应该让人家拖出舞台还乱喊乱叫，见了门框和栏杆就扑上去抓住不放；一个人应该面带微笑离去。说起来容易做起来难啊。一个男子汉第一次意识到他在足球场上没有了位置，意识到不能敏捷如常地俯身向后卫击出飘忽不定的一击，意识到轻舞漫步竟汗流浃背得失态，意识到餐后不能走上一整天而不屡屡犯困，或者饱餐一顿后匆匆离去而不致消化不良，那自然不是一个个美妙的时刻。这些个时刻让人心酸，我们大家谁都躲不过，倒不如最好笑着面对，大可不必感到窝火。一个人如同根本不能脱离童年时代一样，对这类事情死死抓住不放，中风的气息一口接一口吹个不停，便是一个不折不扣的古怪人影了。听到年轻人议论一位我的风光不再的同辈人，听到一个人与另一个人兴致勃勃地谈论看到那个老废物逞强逞能而幸灾乐祸，都是一堂讲述强撑青春的生物课。一个人当然可以贻人笑柄而不失尊严，只需坦坦荡荡，听凭别人带着去参加常有的符合上年纪人的那些活动，无需忸怩作态，遮掩力不能及。但是服老却是最应该尝试的。也许最好的方法是甘愿做那和蔼而兴致不减的旁观者，随时准备为你不能参加的比赛鼓掌，随时为你不能竞比的敏捷身手而叫好。

那么，如果还有什么的话，失去年轻的朝气蓬勃会有什么补偿吗？我可以发自肺腑地说：补偿很多，很大。首先，年轻人中间产生多不胜数痛苦的特性、自我意识的特性，没有了。一个人平静的脑海一次又一次被笨拙举止、被羞赧、被无话可说的痛苦意识搅得一塌糊涂，更别说一张口就说错话的痛苦意识了！当然，这一切都是无限夸大了。倘若一个人走进教堂，比如说，戴着草帽，只是因为忘记摘下来，却身着白色法衣，他便在几天里感到这事被人家用火热的字母写在每面墙上。我本人早年是一个热情的健谈人士，带着青春的那种迷人的无所不知的劲头，满以为我的观点远比大人物那些充满陈腐之见偏执一词的观点值得一听。但是一旦我置身这些石化般人物的社会，等我想好了一句适当的话，虎头蛇尾的开场白早已收尾，我的鸿篇大论要么根本说不出来，要么它让人一听就是陈词滥调，没有新意。要么把我广泛经历的阴暗落后面不加分析地概括起来呈献给众人，被某个冷酷的长者不妥协的声音和因袭的意见全盘否定或者轻蔑地予以纠正。随后出现压倒的场面，如同那些面试一次的结论，当作一个讨人厌的沉闷的年轻人加以拒绝。我完全相信我自己的活泼和生气，然而说服我的长辈们相信我拥有这些品质似乎是一桩难以成就的任务。一位友善的年长朋友经常依赖我的狡猾，而且说我的那种狡猾念念不忘自己产生的结果。这话什么用也不管，就好比一个人跟牙疼的人说，他吃尽牙疼的苦头只是自己太在意了。因为我毫不怀疑，把自己当回事这种疾病对有才智的青年是小事一桩。玛丽·巴什基尔切夫在她写的令人畏惧的自我暴露的日记中，写了一次造访，是她去拜访一个表示对她感兴趣并要求面见的人。她说走过房间的门槛时悄声祷告道："哦，上帝，让我值得人家一见吧！"一个人是多么习惯要求给人留下印象，让自己被人感受，被人欣赏啊！

啊，所有这种不自在的渴望统统离我而去了。我不再怀有什么特殊的欲望让人注意，或者指望给人留下印象。当然，谁都喜欢感到新鲜，感到活泼。但是在过去我习惯加入一个圈子，在这一场合不懈地努力着让人感觉、给人愉悦和兴趣，而我现在走进一个圈子先自贬三分，只希望看人家表现。这样做的结果是：一旦摆脱了这种自我膨胀的巨大范围和从内心把自己太当回事的态度，我不仅发现自己比过去自在多了，还发现别人是那么令人感兴趣。不再把你的快帆船并排靠在另一艘船旁，一心打算进行一次重新乘船远游，现今只是对大船进行一次和蔼的拜访，摆出彬彬有礼和笑容可掬的样子。不再要求去征服别人，我很高兴让别人征服我了。我还以为，即使说出些什么想法，那并非是警觉到了什么听不惯的苗头，而是完全意识到我自己的观点只不过是沧海一粟，随时准备融为一体。在过去我要求意见一致；我现在则对众说纷纭深感兴趣。过去我一心想让人信服；我现在让人指出错误和无知只有感谢不尽。我现在不再支支吾吾怕说我对哪个问题一无所知；在过去，我习惯装出无所不知的样子，却不得已恼羞成怒地乖乖让人家揭露本来面貌。我觉得我一定一直是一个相当令人不快的年轻人，但我又谨希望我内心还不至于像在人前表现得那么令人讨厌。

多活一把年纪的另一个好处是减少了对习俗的专制。我以前要求做该做的事情，认识该认识的人，参加该玩的比赛。我没有考虑过是不是值得牺牲个人的利益，顺应潮流是不是至关重要。渐渐地，我才发现别人很少费神去琢磨所做的事情：该认识的人往往是最令人讨厌、最入俗套的，而且值得参加的唯一比赛是一个人真心喜欢的比赛。我以前住在不合心意的房子里会忍受痛苦，不会射击却接受了射击邀请而感到痛苦，因为我知道谁要去跳舞我再去而感到痛苦。当然，一个人在任何情况下都要承担许多令人不快的责任。但是我慢慢地发现，被人说成有趣有益的事情做起来却令人不快，如若采取这种原则会把整个环境误解了。现在，如果有人要我呆在一间令人不快的房子里，那我会一口拒绝；我谢绝花园宴会和公共场所用餐和跳舞的邀请，因为我知道它们会让我不快；至于比赛，如果我能躲过，我一概不参加，因为我发现它们不会让我从中获得娱乐。当然，有些场合需要一个人充充数，那么一个基督徒和绅士有责任凑凑数，并且心甘情愿地去做。我不再受小偏见的摆布，像我以前那样偏激。年轻的时候，如若我认为他的举止显得扎眼或者让人不快，如若我对他的题目不感兴趣，我会把他归于讨厌一类，不再打算深交。

现在我知道这些都是肤浅的举动，一颗包容的心和一种令人感兴趣的个性是不会排斥标新立异的样式甚至羊排式络腮胡子的可爱之处。事实上，我认为一些小怪招和小差异也会有显而易见的价值，组成了一种令人愉悦的多姿多彩。如果一个人的行为引不起人注意，我经常发现这不过是害羞行为或者笨拙表现，往往会耽误熟悉沟通的机会。事实上，我的标准降低了，可我更加宽容了。我还算不上，我承认，十分十的宽容，但是我的宽容看重品质，受不了外在的显摆。我见了喋喋不休的人，作风作致的人，轻蔑傲视的人，依然躲避唯恐不及；但是如若他们的陪伴实在回避不了，我至少学会了捆住自己的舌头。前些日子我在一户乡村人家小住，一个极其让人厌烦的老将军对那次暴动（指印度1857至1858年的起义。）的话题定了死调，因为他当年是中尉参加过镇压。我分明知道他在发表喋喋不休的怪论，但是我没有处在一种与他争辩是非的地位。接下来这位将军成了殷勤的、疲倦的老绅士，干坐着，两只手指尖对压在一起，时不时冲人微笑，冲人点头。半小时过去，我们点上了蜡烛。将军迈着不可一世的步子睡觉去了。身后留下了一伙打着哈欠蔫头耷脑的人群。那位老绅士向我走过来，头冲着那个离去的身影，说："这位可怜的将军偏听偏信得好厉害呀。我不便开口说什么，可我对这个话题知道不少事，因为我当时是战事大臣的私人秘书。"

这就是一种正确的态度，我认为，一位具有绅士风度的哲学家本该如此。我从我的老朋友那里学会了这套，碰上一个凶强侠气作张作致的家伙对我碰巧熟识的话题发号施令时，我学会宁愿什么话也不多说了。

年长的优势还有另一个收狄。我承认青春确实会生山更敏锐的狂喜，更灵敏的感悟，更富有激情的兴奋；然而随后心境也更迅速更无助地陷入泄气、疲惫和绝望的状态。我认为生活不能大喜过望，不过生活确实令人向往，而且怎么向往也不过分。

我年轻的时候，许多事情我都不大在乎。我全部心思都在诗歌与艺术上。我觉得历史让人厌倦，科学令人烦恼，政治不能忍受。现在我心存感激地说，一切都反过来了。青春的光阴向我打开了一扇扇生活的大门。有时，一扇门会在一个神秘与奇妙的地方敞开，例如一片魔宫一样的森林，一条庄严的大道，一汪沉睡的沼泽地；常有的是，一扇门还会开向某个尘封的工作日地点，开向埋头应付难以容忍的差事的种种难以分身的形式，开向吱吱扭扭作响的车轮，开向隐隐闪亮的机器，开向工作和车间的嘈杂。又有时候，一扇门开向一个贫瘠而郁闷的地方，开向一个石块遍布的山坡，开向一片广袤无垠的沙漠；更坏的情况是，敞露的地方有时会充满苦难、烦恼、无望、哀怨，还笼罩着各种惧怕和罪过。我躲离这样的前景有苦难以言说，可是那该死的地方的氛围缠着我几天不散。

这些意外事，这些异常的猜疑，迅速地把我团团围住。这世界与儿童时代不经意的预测所描绘的样子是多么不同啊！多么奇怪，多么美丽，而又多么可怕哪！生活在继续，美丽在增加，一种更平静、更安静的美让自己显露出来。年轻时，我寻找奇异的难忘的、挥之不去的美，寻找也许在深层躁动与活动的东西。但是年复一年，一种更简单、更温馨、更健康的美让自己为人感觉——这样的美就在荒凉、轻轻洗刷的、淡色轻染的冬季的山坡上，所有精致的青枝绿叶和棕土褐石，全都来自富饶的夏季的奢华，却又显得那么素简，那么纯洁。我也变得热爱五花八门的书了。

青春年少时，一个人会强求一束慷慨的闪亮，一团激情的火焰，一股色彩强烈的情感激流。但是一步步到来的是对审慎的钟爱，柔和的反省，一个更加镇定的世界，一个人在其中如若不能一劳永逸，但起码可以恬静而愉快地旅行，带着范围更加宽阔的经历，一份更大的希望，哪怕更加渺茫呢。我变得要求这个世界更少，要求自然更少，要求他人更少。可是，瞧吧，一大套更纤细更温柔的情感呈现在眼前，宛若远处湛蓝的群山，纯净而低平。世界的全部运动，过去的与现在的，变得明白易晓，一览无余。

我看见人性就在政治和立宪问题的后面，强壮的、朴素的力量运动起着作用，像个性的白沫与泡沫下面一条涓涓流淌的溪水。倘若年轻，我相信个性与影响能够左右与改造这个世界，在后来的岁月里我渐渐看出来最强壮最强烈的形质却仅仅是河面上的残存物，折断的树枝，撕断的野草，在缓缓流动的洪水的岬湾旋里打打转，而且在它们后面有一股隐隐约约随波逐流的力量在暗中前进，把它们冲到了大洪水的前沿。过去看似干巴巴理论上的、枯燥的、公理的、陈腐的东西，让它们自己表现出巨大的多种包容的能量，来自一条人类努力和人类抗争的洪流。因此，所有大量细节和人际关系曾被青年的傲慢的种种偏见打着正事的笼统名字粗暴地抛置一旁，这时却慢慢地产生了一种浓烈而活生生的意义。我无法点滴不漏地追踪这一过程，但是我开始感知到了这个世界的丰富、能量与无与伦比的兴致所在，感受到了成百种曾经在我看来最不吸引人的思想的活力。

还有，所有所得中最大的收获是多了一种耐性。年轻时，一个又一个错误似乎无法弥补，一个又一个灾难好像无法容忍，一个个雄才伟略仿佛无法实现，一次次失望看似不能忍受。焦虑像一块难测的黑色云团悬浮着，失望毒害了生命之泉。但现在我学明白：错误经常可以纠正，焦虑可以消逝，灾难有时反能带来补偿的喜悦，雄才得以展示也不总是令人开心，失望往往本身就是一种再次努力的诱因。一个人学会躲开麻烦，却不学着弄清麻烦在哪里；一个人弄懂希望比忧思更难以遏制。这样，万无一失的心理就乘隙而生了，那就是一个人不能多冒不该冒的险，不能多交没有前程的人，不能多去经受痛苦的经历，不可越过曾经希望过的东西。它也许不是，不，原本就不该是一种过分热烈、过于热血沸腾的精神，它只是一种更平静、更令人感兴趣、更幸福的景色。

所以，像鲁宾逊·克鲁索在自己的荒岛上一样，努力寻求我的种种有利条件与不利条件之间的平衡时，我倾向认为好的论点是占支配地位的。当然，强烈的人类本能依然故我——让道德家们的讲座得以存活，而且吃着碗里占着锅里的欲望仍旧存在。一个人既想保有中年生活的收获，又不想与青年的激情告别。

"变老的悲剧，"一位杰出的作家说，"是挽留青春。"也就是说，精神不像肉体衰老得那么快。生活的忧愁在于想象力，在于对生活过的好日子和拥有过的鲜活感情追思的力量，还在于预见缓缓夺取并侵蚀年华的力量。然而，比康斯菲尔德爵士曾经说过：一个人不得不忍耐的最坏的罪过是预测那些不会发生的灾祸。我敢保证的是：看准不放的事情是过日子并为日子尽可能长久地活着。我不是指一种享乐主义方式，只要能得到便尽情享尽快活，好像要把本来延续一生的幸福挥霍于一时，而是指纽曼诗里表达的一种精神：

> 我并不要求眺瞩远处的景色；
>
> 我只想向前一步。

即使现在，我发现我正在本能地获得某种力量，把时光充分利用起来。在过去，如果面前摆着一件令人不快的事务，为此我一想到它就心烦意乱，我当初总觉得它在我的水杯里下了毒药。现在遇到这种情况思想有了180°大转变。在裁定命运的黎明之前不得已迎接一个个安静而平和的日子里，我拥有了突出的快活感。我以前在我惧怕的那天之前仍然属于我自己的日子里早上一觉醒来，觉后返回的意识往往伴随着那种不安的情绪，脑子警觉而失衡，开始预测我害怕的事情，只觉得我不能面对它。现在却通常是一觉醒后跟自己说："嗬，不管怎样，今天依然在我手中啊。"随后，因为觉得不开心的经历摆在前面，这一天本身就具有了一种增值的价值。我捉摸，这正是那些老迈者屡屡表现出来的那种宁静欢乐的秘密所在。他们看似离那道黑色门槛近在咫尺，但是想到这点却完全不当回事，他们怀着顽童般的幸福，对小小不言的闲趣野味乐此不疲。

就这样，在很少给心境带来某种平和的渐浓的黄昏时分，我回到了学院。看门人坐在他那舒适的小屋里，两脚伸在火炉围栏边，读着一份报纸。光亮开始在庭院里闪现，火光活泼地窜向墙壁，而墙壁上映照出青年人生活的快活迹象，那些人群，那些家庭照片，那支悬挂的桨，那顶光荣的帽子。于是，我走进我的书籍成排的房间，听见水壶在壁炉上唱着慰藉人心的歌儿。我想起手头有几封信要写，有一本有意思的书要翻一翻，有一顿可口的晚餐企盼，又想起一次谈话后，一名或两名在校学生要来谈一件悠闲的工作，一篇随笔或者一份论文……起这些，我比以往更愿意默认自己风光不再，更愿意像一只老猫一样呼噜噜假寐，更愿意承认尽管我享到了无价可比的清闲福分，只承担一份小责任，但是对生活的话是说不完的，而且倘若我不能感到心满意足，那我只会是一只可怜虫了。

当然，我知道我没有抓住更亲近的生活纽带：壁炉啦，家庭啦，妻室的陪伴啦，成长的姑娘和男孩带来的欢乐和利益好处啦，等等。然而如若一个男人有慈父情怀，有儿女情长，那他会寻找到许多青年小伙子来享受父亲的情怀，对耐心倾听他们的烦恼、困难和梦想的人的好心看护感激不尽。我有两三位青年朋友，常告诉我他们在干什么和他们希望干什么；我还有许多记者，从小与我就是朋友，一次又一次告诉我那个他们闯荡的更大的世界如何发展，而且反过来又喜欢听听我在干些什么。

我这样坐着，壁炉上方的那只钟滴滴答答地送走了令人愉快的分分秒秒，火光在壁炉里明灭燃尽，这时那个老校工前来敲门，了解我晚间有什么打算。稍后，又一次，我出门走进了庭院，学院楼亮着灯光的窗户映照出古老盾徽的玻璃，一段接一段的楼梯上走着三五成群的机警的、身着长外套的身影，而在头顶上方，超越令人心爽的生活的涌动与喁喁碎语之上，在幽暗的天空悬垂着恒定不变的星星。

（辛梅 译）

森鸥外

森鸥外（1862—1922），日本近代小说家。短篇《舞姬》（1890），系根据留德经历敷演而成，开日本浪漫派文学的先河，成为传世之作，不朽的名篇。其他重要作品有《雁》《青年》《妄想》等，以及历史小说《阿部一族》《山椒大夫》《鱼玄机》《最后一句话》《高濑舟》等。

※ 藏红花

闻其名而不知其人的事，是常有的。非止对人，于物亦然。

据说，我小时候好读书。那时，既没有可供少年阅读的杂志，也没有岩谷小波君写的童话。凡家藏的书，像祖母出嫁带来的《百人一首》，祖父说唱义太夫留作纪念的净琉璃脚本，以及绘有谣曲梗概的连环画等等，有什么看什么，既不出去放风筝，也不玩打陀螺。同邻居的孩子，更谈不上有任何知心的交往。所以，愈发沉湎于读书，仿佛尘埃附物一般，各种事物的名称也就留存在我记忆之中。于是，成了一个知其名而不知其物的跛子。对物品名称，大体都如此，植物名称，也同样。

父亲是所谓的兰医。说是要教我荷兰文，小小年纪便跟着一点一点学。还看语法书。书分前后编，前编讲词法，后编讲句法。学语法时，借来字典。是兰和对照本，计两册，又大又厚的和式装订。翻阅中间，碰到"藏红花"一词，字典还是风行《植学启源》那个朝代出版的。音译旁边，标有汉字。至今还记得那几个字。这里写出来也不妨，但三个字的头一个字，无铅字，就用偏旁来说明吧。是"水"字旁一个"自"字。其次一个字，是"夫"字。最后是"蓝"字。

"爸爸，藏红花是种草名，但究竟是什么草呀？"

"是一种取其花，晒干后，用来染色的草。给你看看。"

父亲从药柜抽屉里取出一把黑糊糊的东西，又干又皱。新鲜的藏红花，也许父亲也没见过。而我，无意中不但知道了花名，还看到了实物，尽管看到的是干花，这是我初次看到藏红花。

二三年前，一次乘火车到上野，雇人力车回团子坂的路上，从东照宫的石坛下，经过暮色昏暗的花园街，看见路旁有卖草花的，席子上摆着一些球根上开出紫花的草。我从小小孩童到半老年纪，其间对藏红花的知识，竟没有多少长进。只是根据植物图谱，略知花的形状，一见之下，不禁心中惊异："呀，这不是藏红花么？"作为观赏花卉，东京始于何时，倒不很清楚。反正直到那时，方知东京有卖藏红花一事。

那次旅行去往何处，已记不清了。不过，一早离开旅馆时，正值寒霜弥漫的清晓。除却温室，已是百花凋谢的季节。连茶花和山茶花都开过了。

据说藏红花也有多种——不记得几时从什么书上看到的。我所见的藏红花，是花开很迟的一种。但是，花期先后离得很近。也可以说是开得最早。比水仙、风信子都开得早。

去年12月，白山下的花店里，摆着二三十棵藏红花，上面挂着标签，2分1棵。已经干透的球根上，正抽芽开花。我散步经过，不由得驻足买了两棵回家。我之拥有藏红花，始于此时。我问花店的老头儿："老人家，这花栽在土里，还能开花吗？"

"能。长得可猛哩，明年能结出十棵。"

"是吗？"

买了回去，把院子里的土铲在花盆里，将花栽好，置于书斋。

才过二三天，花就蔫了。花盆也蒙上一层室内的尘埃，那尘屑好似袖兜里脏物似的，也就很久没去看顾。

想不到到今年一月，竟会抽出蓬茸如丝一般的绿叶。一直没浇水，可那一蓬绿叶，却生意盎然，青葱碧绿。植物的生命力，实在令人惊讶。能战胜一切阻力，生存、发展。恰如花店老头所说，想必球根在不断繁殖吧。

窗外，福寿草凌霜傲雪，黄花盛开。风信子和贝母也从花坛里，破土长出新叶。书斋里的藏红花依旧郁郁葱葱。

花盆虽然蒙上一层有如袖兜里脏物似的尘埃，但是，望着那青青的翠绿，就连无情的书斋主人也禁不住时时去洒上一些水。是为求悦目的Egoismus（利己主义）呢？抑或是无私的Altruismus（利他主义）？人做什么事的动机，错综复杂，宛如藏红花的叶子，连自己都不易弄清楚。但是，也不想勉强自己，非去弄个水落石出不可，一似青蛙舐过烟油，便要拉出肠子洗个干净那样。如今我给花盆浇水，动手去管，便说什么瞎忙。袖手不理，又给说成独善其身。残酷、冷漠，一切皆出自人之议论。倘顾忌他人悠悠之口，便会无所措手足了。

这就是我与藏红花的故事，看了此文，便会明白我的藏红花知识是何等贫乏。但是，正如同不论多么违离疏远之物，偶然间也会相逢一样，藏红花之与我，不能说没有交汇之点。要说故事的要义，就在于此。

此前，藏红花归藏红花，我归我，彼此渺不相涉，存于宇宙之间。此后，依旧是藏红花活藏红花的，而我，只管活我的吧。

为尾竹一枝君而作。

（艾莲　译）

桑塔亚那

乔治·桑塔亚那（1863—1952），西班牙作家。出生于马德里，在哈佛完成了大学学业。他一生都用英语写作，却一直保留了西班牙国籍。

※ 英国人的性格

支配英国人的究竟是什么呢？当然不是才智，也难说是热情，恐怕也不是私利，因为我们所谓的私利不过是一种活跃的才智侍弄出来的一些无趣的情欲。英国人的心也许难以捉摸，或者默然无声。但英国人的心不会算计别人，或者格调下流。有许多民族，人们总是十分无辜地抱怨他们在小事上说谎话，欺骗人，捏造一些困境，或者骗取一些好处。他们觉得这就是生活艺术的一部分。这可不是英国人的风格。对英国人来说，直接面对或者破解对手倒更容易，用不着绕着弯子去解决。如果我们硬说支配英国人的是常守之规，我们面对如下事实又很难自圆其说：英格兰一向是滋生个性、怪癖、异端邪说、咄咄怪事、嗜好和幽默的乐园。

在英格兰，我们更容易看到两种社会早产儿——虚伪的或者不虚伪的。一个人会用某种大言不惭的口气告诉你：他在靠吃坚果活着，或者通过媒介与乔舒亚·蕾诺兹爵士保持书信来往，或者蹲大牢时住得不如狗窝，敢说这种话的这种人除了生活在英国还会在别的国度吗？一个年轻女子身着几近男装，形容举止几近男子，跟你说她的父母令人讨厌，她只想嫁人却不要孩子，或者生养孩子却不嫁丈夫，敢如此自语的这种妇女除了生活在英国还会在别的国度吗？要命的是，这些虚妄行径很快成为某种小圈子里习以为常的活动，或许甚至已经为大多数人纷纷效仿，如同人们改信宗教一样一哄而上。荒诞不经的领域往往要求毫无条件的自甘屈从。虽然如此，人们一旦从气质上标新立异，傲然俗世，他们就会想方设法穿戴得不同一般，做出某种堂皇的改变，显示出他们自身的一部分。

还是让我不揣冒昧，指出英国人性格所在吧：支配英国人的是英国人的内在大气，是英国人灵魂的大气。每当英国人锻炼身体、饮茶或者喝啤酒或者点上烟斗的时候；每当英国人身置花园或坐在炉边，在一把非常舒服的椅子里舒展身子的时候；每当英国人梳洗干净穿戴整洁，在教堂里毅然面向东方诵读希腊经文（如果喜欢屈从还会摆出种种屈从的姿态）并且句句深信不疑的时候；每当英国人聆听或吟唱最寡情薄意的俗曲儿不为所动却不大反感的时候；每当英国人认定谁是自己的莫逆之交或者心爱的诗人的时候；每当英国人接受宴请或者接受恋人的时候；每当英国人打猎、射杀、水上泛舟或者在田野大步穿行的时候；每当英国人选择衣服或者职业的时候——每当这些个时候，左右英国人的从来不是一种确切的原因，或者一个确定的目的，或者一个外部事实，左右英国人的总是英国人灵魂的大气。

若说这种大气只是一种身体的健康、一种流动的血液、一种旺盛的胃口、那么这话可就太有点大而化之了。就算灵魂的大气是上述的一切，那么它也是某种确定的性格的见证，某种成熟的非此即彼的爱好的见证，深深地扎根于灵魂之中。它让生活有一种方向感，归根结底是伦理道德的密码，是宗教背后的宗教。另一方面，若说它是什么准则的理想或者效忠行为，那么这话又说得过分明确和抽象了。

这种内在大气如果不得已凝缩为语言，或许可以沉淀为某种简略的格言或者三言两语的理论，当作一种口号呼喊了。但是它的幼稚语言给它带来不公，因为它滋生在比语言甚至思想更为深层的地方。它是一种深厚的默然无声的本能和忠诚，是一种生活质量的爱，毫无畏惧地保持始终。它孕育着许多执拗的主张和坚定的拒绝。如同一艘冒着烟的战舰在一片轻声细语的言论下进行战斗，旌旗猎猎，信号不断。你千万别只看其表象，而要想一想它们为什么高高飘扬，不会降下。

一个人往往经不住诱惑绝望地转身离去，躲开那种最令人向往的熟悉人物——幅画像，英武、俊美、淳朴、光荣、才智和幽默显而易见——原因只是他听信了什么极其无聊的陈词滥调，听信了什么毫无进取的愚蠢的小小教义，据此便以为什么都不能解救他。改革家放弃了他，不过话说回来，人家为什么要改变一个比自己优秀得多的人呢？他像一匹纯种良驹，对训练有素的目光心领神会，对轻轻的触摸毕恭毕敬，与你配合得天衣无缝，在这大千世界穿行。他使用什么言语你在意吗？你会因为云雀只会歌唱不会说话而不愿意聆听吗？而且一旦云雀开口说话，你会因为它的种种奇怪想法而生气吗？

当然，如果有人分明在颠倒黑白，信口开河，这肯定是错，虽然这种错误也许造不成什么伤害。人与人之间的最大分歧应该让我们受益，而非伤害，因为各种分歧只是视角的影响，只是经验与利益方面的正当的多样化。相信那种讲话时出言谨慎的人，在行动上敏捷稳重的人，但是也需十分注意争论不休的人，十分注意强词夺理的人。朱庇特把头轻轻一点，最棘手的问题便迎刃而解，因此英国人在关键场合只需寥寥数语，无需什么动作，就会让内心世界感到清澈见底。

显然，英国人不擅传道，不擅征服。英国人喜欢乡村甚于城镇，热恋家园甚于异邦。英国人看到土著依然是土著，陌生人依然是陌生人，与自己保持若即若离的距离，倒会心下喜欢，如释重负。不过，英国人对外人却是异常好客，短时间里几乎什么人都可以接待。英国人旅行和出征没有一定之规，因为英国人只是从骨子里喜欢探索。英国人不管进行什么冒险都是看得见摸得着的，各种冒险活动很少能改变英国人什么，因为英国不害怕它们。英国人无论走到哪里都在心里装着英国人的天气，在沙漠里它会成为一片凉爽的荫蔽，在人类所面临的困境中便是一种稳定而神圣的奇观。

早在希腊人的英雄时代，这世界就有了这样一个可爱、公正、孩子气的主人。一旦科学的恶棍、阴谋家、暴民与狂热者联手排挤掉英国人，那么人类的不祥之日就到来了。

（辛梅 译）

叶芝

威廉·勃特勒·叶芝（1865—1939），爱尔兰诗人和剧作家，
是"爱尔兰文艺复兴运动"的领袖，艾比剧院的创建者之一，
被诗人艾略特誉为"当代最伟大的诗人"。
1932年获诺贝尔文学奖。他最受欢迎的诗剧为《女伯爵凯瑟琳》《心愿之乡》
《胡里痕的凯瑟琳》。

※ 驶向拜占庭（咏老年）

1

这是不宜于老人的乡邦，

年轻人相互倚在怀抱里，鸟儿在树上

（这些走向死亡的世代）唱歌儿，

鲑鱼的湍流，鲭鱼密集的海洋，

鱼类，走兽，飞禽，在整个长夏，

把生生死死的芸芸众生赞扬。

他们沉湎于声色，

全都不理会永世常新的灵智竖起的丰碑。

2

一个老年人是微不足道的废物，

只是一件破外套披在手杖上，

除非灵魂击掌并歌唱，

在速朽的皮囊里高声歌唱褴褛的衣裳；

世上没哪所歌唱学校不研读

灵魂自身辉煌的不朽篇章；

所以我终于漂洋过海，亲自

来到拜占庭这座神圣的城市。

3

啊，在上帝圣火中站着的哲人们，

像墙上镶嵌壁画中金色的图像，

请走出圣火，在旋锥体中旋转吧，

请你们当老师教我的灵魂歌唱。

把我的心灵耗尽吧；它耽于物欲，

跟垂死动物的肉身紧紧地捆绑，

而不知自己的本真；请把我采集，

收进那属于永恒的神工绝艺。

我一旦超脱自然，便决不依据

任何自然物来造就我的身形，

我只要像古代希腊的金匠那样

用锻金或镏金工艺铸造的体型，

能使那昏昏欲睡的皇帝清醒；

或让我栖在黄金的树枝上歌吟，

唱过去、正在过去或未来的事情，

给拜占庭的贵族和命妇们倾听。

（屠岸 译）

罗兰

罗曼·罗兰（1868—1944），法国著名作家。
代表作为长篇小说《约翰·克利斯朵夫》和《母与子》。1915年获诺贝尔文学奖。

※ 论创造

生命是一张弓，那弓弦是梦想。箭手在何处呢?

我见过一些俊美的弓，用坚韧的木料制成，了无节痕，谐和秀逸如神之眉，但仍无用。

我见过一些行将震颤的弦线，在静寂中战栗着，仿佛从动荡的内脏中抽出的肠线。它们绷紧着，即将奏鸣了，它们将射出银矢——那音符——在空气的湖面上拂起涟漪，可是它们在等待什么？终于松弛了。永远没有人听到乐声了。

震颤沉寂，箭枝纷散；箭手何时来捻弓呢？

他很早就来把弓搭在我的梦想上。我几乎记不起何时我曾躲过他。只有神知道我怎样地梦想！我的一生是一个梦。我梦着我的爱，我的行动和我的思想。在晚上，当我无眠时；在白天，当我幻想时，我心灵中的谢海莱莎特就解开了纺纱竿，她在急于讲故事时，把她梦想的线索搅乱了。我的弓跌到了纺纱竿一面。那箭手，我的主人，睡着了。但即使在睡眠中，他也不放松我。我挨近他躺着，我像那把弓，感到他的手放在我光滑的木杆上；那只丰美的手、那些修长而柔软的手指，它们用纤嫩的肌肤抚弄着在黑夜中奏鸣的一根弦线。我使自己的颤动融入他身体的颤动中，我战栗着，等候苏醒的瞬间，那时神圣的箭手就会把我搂入他怀抱里。

所有我们这些有生命的人都在他掌中：灵智与身体，人，兽，元素——水与火——气流与树脂——一切有生之物……

生存何足道！要生活，就必须行动。您在何处，Primnsmovens？我在向您呼吁，箭手！生命之弓在您脚下横着。俯下身来，拣起我吧！把箭搭在我的弓弦上，射吧！

我的箭如飘忽的羽翼，嗖地飞去了，那箭手把手挪回来，搁在肩头，一面注视着向远方消失的飞矢，而渐渐的，已经射过的弓弦也由震颤而归于凝止。

神秘的发泄！谁能解释呢？一切生命的意义就在于此——在于创造的刺激。

万物都在期待着这刺激的状态中生活着。我常观察我们那些小同胞，那些兽类与植物奇异的睡眠——那些禁锢在茎衣中的树木、做梦的反刍动物、梦游的马、终身懵懵懂懂的生物。而我在它们身上却感到一种不自觉的智慧，其中不无一些悒郁的微光，显出思想快形成了：

"究竟什么时候才行动呢？"

微光隐没。它们又入睡了，疲倦而听天由命……

"还没到时候呐。"

我们必须等待。

我们一直等待着，我们这些人类。时候毕竟到了。

可是对于某些人，创造的使者只站在门口。对于另一些人，他却进去了。他用脚碰碰他们：

"醒来！前进！"

我们一跃而起。咱们走！

我创造，所以我生存。生命的第一个行动是创造的行动。一个新生的男孩刚从母亲子宫里冒出来时，就立刻洒下几滴精液。一切都是种子，身体和心灵均如此。每一种健全的思想是一颗植物种子的包壳，传播着输送生命的花粉。造物主不是一个劳作了六天而在安息日上休憩的有组织的工人。安息日就是主日，那伟大的创造日。造物主不知道还有什么别的日子。如果他停止创造，即使是一刹那，他也会死去。因为"空虚"会张开两颚等着他⋯⋯颚骨，吞下吧，别作声！巨大的播种者散布着种子，仿佛流泻的阳光。而每一颗洒下来的渺小种子就像另一个太阳。倾泻吧，未来的收获，无论肉体或精神的！精神或肉体，反正都是同样的生命之源泉。"我的不朽的女儿，刘克屈拉和曼蒂尼亚⋯⋯"我产生我的思想和行动，作为我身体的果实⋯⋯永远把血肉赋予文字⋯⋯这是我的葡萄汁，正如收获葡萄的工人在大桶中用脚踩出的一样。

因此，我一直创造着⋯⋯

（孙梁 译）

高尔基

马克西姆·高尔基（1868—1936），前苏联作家，

前苏联社会主义现实主义文学奠基人。1892年发表第一篇《马尔卡·楚德拉》，

1899年长篇小说《福玛·高尔杰耶夫》闻名全国。

1901年发表《海燕》，表现了革命的风暴即将到来。

主要著作还有：剧本《底层》《仇敌》，自传体三部曲《童年》《在人间》《我的大学》。

※ 道德教士

……他深夜来到我这里，迟疑地打量着我的房间，低声问：

"我可以跟你单独谈半个钟头吗？"

他的声调，他整个瘦削驼背的身形，有点令人纳闷和不安。他小心翼翼地坐在一张椅子上，害怕家具支持不了他那嶙峋的瘦骨似的。

"可以放下窗帷吗？"他轻声细气地问。

"当然可以！"我说，立刻顺从他的愿望。

他感谢地对我点点头，又向窗户那边扫了几眼，轻轻地说："他们总是盯梢。"

"谁？"

"呃！记者呀。"

我仔细地注视着他。他穿着时髦，甚至有点派头，虽然如此，仍然给人一种穷酸的印象。他那光秃的、凸出的颅骨微微地闪闪发光，脸很瘦削，刮得干干净净，睫毛下的一双灰眼负疚地微笑着。当他掀起睫毛看着我的时候，我觉得自己是处在一种朦胧而又淡淡的空虚前面。他坐着，双腿藏入椅子底下，右手放在膝盖上，左手拿着的圆顶毡帽下垂到地板。他那长手指微微颤动，紧闭的嘴唇两角疲乏地垂下来，这样子表明这个人的着装是很讲究的。

"让我自我介绍一下吧。"他叹了口气，瞟了窗户一眼，开始说，"我，可以说，是一个职业罪犯……"

我装作没有听见的样子，表面上安详地问："怎么啦？"

"我是一个职业罪犯。"他逐字地重说一遍，并且加上一句，"我的专职是破坏公共道德……"

这句话的语调听上去很谦逊，在他的话里和脸上，我却找不到忏悔的影子。

"你……要不要喝杯水？"我向他建议。

"不，谢谢你！"他拒绝了，他那内疚的、微笑的眼睛停留在我的身上。

"看来，你不完全了解我吧？"

"怎么不呢？"我反驳说，一面仿效欧洲新闻记者，用装腔作势来掩饰我的无知。但是看来他并不相信我。他在空中挥动着圆顶礼帽，谦逊地微笑着，说道："让我告诉你几项事实，你会明白我是谁……"

他叹了口气，垂下头。我又一次感到惊奇，在这声叹息里只有疲倦。

"你记得，"他开始说，轻轻挥着帽子，"报上有没有登一个人……我是说，一个醉汉在戏院里闹事这件事？"

"就是那个坐在第一排，当戏演到最动人的场面时，站起来，戴上帽子，突然喊马车的绅士？"我问。

"是啦！"他证实道，并殷勤地加添说，"那就是我。还有一则标题是《拷打小孩的野兽》的新闻，也谈到了我。另外关于《一个贩卖妻子的丈夫》的报道……在街上调戏一位妇人的男子——那也是我……总之，他们每星期至少要把我描述一次，而且每次都在证明我有伤风化……"

他悄悄地、很清楚地、但并不自矜地说出这一切。我一点也弄不懂，但不想表露给他知道。和所有的作家一样，我装作熟悉生活，熟悉人们，对一切都了如指掌似的。

"嗯！"我用一个哲学家的声调说，"好吧，这种职业使你感到愉快吗？"

"不瞒你说，当我年轻的时候，这使我感到好玩，"他回答说，"但是现在我年已45，结了婚，有了2个女儿……却被当作道德败坏的冤头债主。每星期在报上被描写上两三次，是很不舒服的。记者们经常跟着你，要你准确地、按时地履行自己的职务……"

我咳嗽了一下以掩饰我的困惑。然后怜悯地问："这是你的一种病吧？"

他摇头否认，用帽子当扇子扇着脸，回答说："不，这是一种职业。我已经跟你说过，我的专业是在街上和公共场所制造小纠纷……我们局里有人有更大、更重要的职业，譬如：侮辱宗教情感，诱拐妇女和少女，偷窃千把块钱的款子……"他叹了口气，环顾四周，解释说，"以及其他伤风败俗的行为……可是我只制造小纠纷……"

他说话，像一个匠人谈论他的技艺一样。这使我生气，我讥诮地问："这不能满足你吗？"

"不！"他简单地回答。

他的率直使我放心，并唤起了我强烈的好奇。略略停顿以后，我问他："你坐过监牢吗？"

"坐过3次。可是通常我所做的事都不超过罚金范围。罚金当然是由局里支付的……"他解释说。

"局？"我不由得重复着。

"哦，是的！你会同意，我自己是付不起罚金的！"他微笑地说，"一星期50块钱收入——这对四口之家是很微薄的……"

"让我想一想。"我说着，从椅子上站起来。

"请便吧！"他同意说。

我开始在房间里，在他身边踱来踱去，竭力在记忆里搜索各种不同的精神病，急切想诊断他的病症，可是不得要领。有一件事是清楚的——这不是夸大狂。他注视着我，那瘦削的、疲惫的脸上带着亲切的微笑。他耐心地等待着。

"那么，有一个局吗？"我在他面前立定下来，问。

"是的。"他说。

"有许多职员吗？"

"在这个城里，有125个男人和75个女人……"

"在这个城里？就是说……在别的城里也有局啰？"

"当然，全国都有！"他说，傲慢地微笑着。

我感到难受。

"那么……它们是怎样的呢……"我犹豫地问，"它们干些什么，那些局？"

"它们违犯道德法规呀！"他谦逊地回答，从椅子上站起来，坐到一张安乐椅上去，伸伸腰，开始带着坦白的好奇心端详着我的脸。显然，他把我看作了一个野蛮人，于是他不再客气了。

"见鬼！"我沉思道，"不要显出自己一无所知吧……"于是我搓搓手，爽快地说："有趣！非常有趣！……只是……这是干什么呢？"

"干什么？"他微笑地问。

"是问这些违犯道德法规的局吗？"

他像成年人在哂笑孩子的无知。我瞧着他，心里想，无知确是生活中一切恼人的根源。

"你以为怎么样，一个人要活下去，呃？"他问。

"当然啦！"

"而且要生活得愉快？"

"那还用说么！"

他站起来，走到我跟前，拍拍我的肩膀。

"不违犯道德法规，难道能享受生活的乐趣吗，呃？"

他退回去，向我眨眨眼，坐在安乐椅里，四肢懒洋洋地摊开，像躺在碟子里的一条煮熟了的鱼一样，然后摸出一枝雪茄，没有征求我的同意，就点燃起来。然后继续说："谁愿意吃那拌着石灰酸的莓子呢？"

说着，他把燃烧着的火柴丢在地板上。

事情总是这样的，一个人觉得自己比别人优越时，他对待别人就像对待猪一样。

"我很难了解你！"我招认说，瞧着他的脸。

他微微一笑，说："我过高地估计你的才能啦……"

他的态度越来越随便了，把雪茄烟灰直弹在地板上，半闭着眼，从睫毛缝里凝视着缕缕的烟，带着行家的语气说道："你不大懂道德，这我看得出来……"

"不，我有时也碰到它。"我谦逊地反驳说。

他拿下嘴里的雪茄，瞧着烟头，富于哲理意味地说："用额头碰墙壁，并不意味着你研究透了墙壁哩！"

"对，我同意你的说法。但是不知为什么我一碰到道德就被弹回来，像皮球从墙上弹回来一样……"

"这是因为没有修养！"他精辟地说。

"很可能。"我同意说，"我所看见的一个坏透了的道德家，就是我的祖父。他知道通到天堂去的所有道路，并且经常怂恿人们走上这些道路。真理只有他一个人知道。他热心地用随手抓到的东西使他的家人理解真理。他非常清楚上帝对人的期望，他甚至教导狗、猫怎样行动，以获得永恒的福祉。然而，他贪婪、凶恶，他经常撒谎，放高利贷，同时具有懦夫的残忍——这是每个道德家和所有的道德家的特性——在空闲和方便的时候，他随意鞭打自己的家人，而且是使劲地打……我试图影响祖父，希望使他变得温和些。一次我把这老头子从窗口扔了出去，又有一天我用镜子敲打了他。窗和镜子全碎了，但是祖父还是依然故我。他活着和死后都是一个道德家。从此，我对道德有点反感……也许，你会告诉我一点什么，使我可以容忍它。"我向他建议说。

他掏出表，看了看，说："没有时间给你演讲……不过，既然我已经来到你这里，我就给你讲一讲吧，善始善终嘛。也许，你会帮我做一些什么……我要简短的……"

他半闭上眼，很庄严地说："道德对你是必要的，必须记住这点！为什么它是必要的呢？因为它保护你个人的安逸、你的权利和你的财产，换句话说，它保护你的'邻人'的利益。'邻人'——那永远就是你，不会是别人，懂吗？如果你有一个漂亮的妻子，你就告诉你周围的人：'不要对你邻人的妻子痴心妄想。'如果一个人有钱、牛、奴隶、驴子，而他本人又不是一个白痴，那么他就会是一个道德家。当你拥有你所需要的一切，而且希望为你自己保住它们的时候，道德对你是有利的；如果你除了头上发丝以外，一无所有，道德就对你没有利。"

他摸摸那秃头，继续说："道德——这是你的利益的保卫者，你尽力把它灌注到你周围的人的灵魂里去。在街上，你布置下警察和侦探；在人们的心里，你塞进一大堆的教条，使它在他们头脑里扎根，把与你敌对的一切思想、威胁着你的权利的一切愿望都碾碎掉，消灭掉。在经济矛盾最明显的地方，那里的道德就是最严峻的。我越是有钱，我就越是一个严峻的道德家。这就是为什么在拥有这许多富翁的美国，他们信奉一百匹马力的道德。明白吗？"

"对，"我说，"但是这个局有什么用呢？"

"等一等！"他反驳说，庄严地举起手，"所以道德的目的就是昭示人们，不得干扰你。如果你有许多钱，你就有许多欲望，而且有充分的可能来实现这些欲望，对吗？然而，不违反道德原则，你的大部分的欲望是不能实现的。怎么办呢？你不能宣扬你自己所反对的东西：这是傻事，而且人们也不会相信。因为他们不全是愚笨的。例如，你坐在饭馆里，喝着香槟酒，去吻一个很漂亮的女人，然而她不是你的妻子。从你认为人人必须遵守的那个观点来说，这些举动都是不道德的。但是对你个人来说，这样消磨时间是必要的：这是你喜爱的习惯，它会给你无穷的乐趣。于是你面对着这样一个问题：怎样把节制淫欲的说教和你对淫逸的贪求调和起来呢？另一个例子：你向人告诫说：'不要偷窃。'因为如果有人盗窃你的财物，你会很不高兴的，不是吗？但是同时，虽然你已有钱，却忍耐不住很想再偷一点。第三个例子：你严正宣告'不能杀人'的原则。因为你珍视生命，生命是愉快的，充满乐趣的。忽然你的矿工要求增加工资，你不得不召唤军队，于是——嘭！——几十个工人被杀掉了。或者：你无处推销货物，向你的政府指出这个事实，说服它为你开辟一个新市场。政府殷勤地派遣一小支军队到亚洲、非洲的什么地方，杀死千百个土人后，实现了你的愿望……这一切和你的博爱、节欲或贞洁的宣教是不大一致的。但是，在屠杀工人或土人的时候，你可以拿维护国家利益来替自己辩护，指出如果人们不服从你的利益，就没有国家的利益。国家，就是你，自然啦，如果你是一个富人的话。在小事情上——淫荡、盗窃等等——你就困难多了。一般说来，一个富人的境遇，是一种悲剧的境遇。对他绝对必要的是，要大家爱他，不要觊觎他的财产，谁也不要干扰他的习惯，大家要尊重他的妻子、姐妹和女儿的贞节。同时，对他本人来说，恰恰相反！不仅没有必要爱人，也不要放弃盗窃，不要尊重女人的贞节等等。这一切只会约束他的活动，对他工作的成就绝对有害。通常——他的全部生活就是盗窃，他掠夺成千的人、掠夺整个国家——这对增加资本，就是说，对国家的进步，是必要的，你明白吗？他诱奸成打的妇女，这对于一个游手好闲的人，是一种很轻松的消遣。可是他爱谁呢？在他看来，所有的人分成两类——一类是他抢劫的对象，另一类是他的同行敌手。"

演讲人满意自己对这个问题的知识，微笑着，把烟头丢向角落，继续说："因此，道德对于富人是有利的，对于一般人是有害的；但同时，它对富人是不必要的，而对一般人却是必需的。这就是为什么道德家们努力把道德的原则塞进人们的头脑，而他们自己总是把它挂在外表，像结领带和戴手套一样。下一个问题是：怎样劝服人们必须遵守道德的法规呢？在骗子们当中做诚实人，谁都没有好处。如果不可能说服他们，那就对他们催眠吧！这总是有效的……"

他肯定地点点头，向我眨眨眼，重复地说："不能说服他们，就对他们催眠吧！"

然后他把他的一双手放在我的膝盖上，窥探着我的脸，放低声音，继续说："往下的话，只能在我们两人之间谈，好吗？"

我点点头。

"我所服务的局，是用舆论去催眠的。请注意，这是美国最独特的一个机构！"他骄傲地说。

我又点点头。

"你知道，"他说，"我们的国家，只靠一个目的——搞钱——来生存。在这里，大家都想做富翁，这一个人，在另一个人看来，只是一块料，从这块料中总会榨出几粒金子来。全部生活就是从一个人的血肉中榨取金子的过程。这个国家的人民——我听说，到处都一样——是一块提炼黄色金属的矿石。进步——这是群众的体力的集中，就是把人的肌肉、骨头和神经结晶成金子。生活安排得很简单……"

"这是你个人的见解吧？"我问。

"这个？当然不是！"他骄傲地说，"这纯粹是某些人的幻想……我记不清它是怎样钻进我的头脑的……我只有和那些不正常的……人们谈话时才利用它……我继续说下去吧。这里的人民没有时间做坏事——他们没有空闲。紧张的工作使人精疲力竭，以致他在休息的时间也没有气力和欲望作孽。人们没有空闲思考，他们没有精力想要什么，他们只靠工作，为了工作过活，这使他们过着很有道德的生活。只是偶然在假日，几个年轻小伙子吊死一对黑人，但这不算违反道德，因为黑人不是白人，而且这里黑人多得很。大家的举止多多少少是有礼的，在这被压制在旧式清教徒道德的窄小范围内的呆板生活的灰色背景上，任何违反道德原则的举动，就像烟油子的斑点那样醒目地显露出来。这是好事，也是坏事。上层社会可以以下层社会的行为自豪，但同时这种行为却约束富人的行动的自由。他们有钱，就是说，他们有权利随心所欲去生活，不管什么道德不道德。富人贪婪，饱食者好色，游手好闲者放荡。沃土生野草，饱暖思淫欲。怎办呢？否定道德吗？这是不可能的，因为这是愚蠢的。如果你的利益需要人们有道德，那你就把你的罪恶隐瞒起来吧。就是这样！这里没有什么新的……"

他回头看了一下，声音放得更低。

"因此，纽约上流社会人士想出了一个非常巧妙的主意。他们决定在国内设立一个秘密团体，公开破坏道德规则。他们采用募捐方法，搜集了一笔相当大的资金，在各大城市开办了催眠舆论局——当然是不公开的。他们雇用了各色各样的、像鄙人一类的人，委托他们担任破坏道德的职务。每个局由一个可靠的、有经验的人主持，他领导雇员行动，分派工作……通常他是某一个报纸的编辑……"

"我不明白局的目的！"我忧郁地说。

"很简单！"他回答说。忽然间，他的脸上带着不安和神经质的有所期待的表情。他站起来，把手放在背后，在房间里缓慢地踱来踱去。

"很简单！"他重说一遍，"我跟你说过，下层阶级很少犯罪，因为他们没有工夫。可是必须使道德受到破坏——不能让道德成了不妊的老处女。关于道德，必须经常不断地嚷嚷，使社会人士震耳欲聋，不让他们听见真理。如果把大堆碎木片丢到河里去，一块大木头夹在其中流过去，你也不会看见。或者，如果你一不小心偷了你邻人口袋里的钱包，可是及时使群众注意到了一个偷了一把胡桃的顽童，那就可以使你免于出丑。只要你更大声喊叫：'捉贼呀！'就行。我们的局从事制造许多小乱子，是为了掩盖重大的罪恶。"

他叹息了一声，站在房中间，沉默了一会儿。

"例如，一个传说很快在城里散布开了，说是有位受尊敬的人物殴打他的妻子。局立刻指派我和几个同事殴打我们的妻子。我们做了。我们的妻子当然知道这件事，就大喊大叫起来。所有报纸都写这件事，它们所引起的一场骚动就使人忘掉了那位受尊敬的人物虐待他妻子的传说了。事实俱在，这些传说有什么意义呢？或者：他们开始谈论参议员受贿的事。局里立刻安排许多桩警官受贿案，并把他们受贿的事暴露在公众面前。传说又一次消失在事实面前了。上流社会中有人凌辱了一个妇女。立刻在饭店里，在街上就发生一连串凌辱妇女事件。那位上流人士的行为，在一连串同类的行为中完全消失了。样样事情总是这样的。一桩大盗案埋没在一大堆小盗案里，总之，所有大罪都被一大堆零星小事件挤掉。这就是局的业务。"

他走到窗前，小心地瞧了瞧街上，重新坐下，低声继续说："局包庇美国上层社会，使他们不受人民的评判，同时，它经常地喧嚷着，说道德规则被破坏。为了掩盖富人的罪恶，它把人为的小纠纷塞满人民的头脑。人民经常处在被催眠状态中，没有工夫独立思考，他们只好听信报纸。报纸是百万富翁的，局也是他们主办的。明白吗？这是很巧妙的……"

他默不作声，沉思起来，低垂着头。

"谢谢你！"我对他说，"你告诉了我许多有趣的事。"

他抬起头，忧郁地瞧了我一下。

"对……对，这有趣，当然！"他缓慢地、沉思地说，"但是这些事我已经厌倦了。我是有家的人，3年前，我自己盖了一座房子……我很想稍微休息一下。我的工作是很繁难的。要在社会上对道德规则保持尊重啊！的确不容易！你想一想，酒对我是有害的，但是我一定要喝。我爱妻子，喜爱恬静的家庭生活——而我却必须到各饭馆去游荡、闯祸……经常在报纸上看见自己……虽说是用别人的名字，当然，但是到底……总有一天，我的真名会公开出来，到那时候……我就只好离开城市……我需要别人出个主意……我来是想听听你对我这种事的意见……很复杂的事！"

"说吧！"我说。

"你知道，"他开始说，"最近南方诸州的上层社会人士当中，有人和黑人少女轧姘头……同时姘两三个。人们开始谈论这桩事了。妻子们都不满意丈夫的行为。有些报纸收到妇女揭发丈夫的信。可能会出大乱子．局立即着手布置许多'抵消的事实'，像我们这里所称呼的。十三个人员——我也在其中——立刻要和黑人女人轧姘头。同时轧两个、甚至三个……"

他焦急地从椅子上跳起来，手摸着礼服胸襟上的口袋，说："我不能干这种事！我爱我的妻子……她也不允许我干，这就是主要的！最后——假如只一个！"

"你拒绝吧！"我劝道。

他怜惜地瞧了我一眼。

"可是谁每星期付给我50块钱呢？如果事情成功，还有奖赏呢？不，你把这个意见留作自用吧……一个美国人甚至在死后第二天，也不会拒收金钱的。请你想想别的主意吧。"

"我觉得很难！"我说。

"唔！为什么很难？你们欧洲人在道德问题上是很随便的……你们的淫荡，我们是知道的。"

他说这话时，坚信他讲的话是真实的。

"是这样的"，他继续说，俯身向着我，"大概您有些欧洲朋友吧？我相信您有的！"

"您要干什么呢？"我问。

"干什么？"他后退一步，装腔作势，"我绝对不能跟黑女人鬼混。您想想看，我的妻子不允许，我也爱她。不，我不能……"

他使劲地摇摇头，用手抹了抹他的秃顶，讨好地继续说："也许你可以给我介绍一个欧洲人来干这种事吧。他们否定道德，这对他们反正都一样。从穷的移民中找一个，呢？我每星期付给他十块钱，好吗？我自己跟黑女人在街上走……总之，一切由我自己干，他只要和她们生孩子就行……问题必须今天晚上解决……你想一想，如果在南部诸州，这种事件没有及时地用各种废物堵住，那会发生多么大的丑事啊！为了道德的胜利，必须赶快……"

……当他跑出了房间的时候，我走到窗前，把我那只打了他的脑袋而碰伤的手，贴到玻璃上去凉一凉。

他站在窗口底下，给我打手势。

"什么事？"我问，打开窗框。

"我忘记拿帽子了！"他谦逊地说。

我从地板上捡起圆顶礼帽，把它扔到街上去。关窗的时候，我听见一句生意经的问话：

"如果我每星期付15块钱呢？这是很好的报酬啊！"

（孟昌 译）

※ 人性必胜

大地上一切卑鄙、龌龊的事物都是我们造成的，而我们渴望的一切美好的、合情合理的事物也存在于我们身边。

昨天的奴隶，今天看到自己的主子被打翻在地，显得软弱无能，恐惧万分。对奴隶来说，这是最愉快的景象，因为他暂时还不理解作为人更应得到的愉快——从对邻人的仇视感情中解脱出来的那种愉快。

但这种愉快是会被理解的。如果不能相信人们会和睦相处，那么就不值得活下去；如果不相信爱能取得胜利，那么生活就是毫无意义的。

不错，我们生活在血污当中，我们周围是大量可恶的、卑鄙的事物，使许多人丧失理智。不错，有时觉得这些卑鄙的事物会毒害、窒息在劳动和痛苦中我们所孕育的一切美好憧憬，吹灭在走向复兴之路上点燃的所有火炬。

但是人毕竟是人，最终，只有人性的东西会取得胜利，全世界生活的伟大意义就在于此。生活中没有另一种意义。

也许，我们会死亡。

在革命的烈火中燃烧，比在二月革命前，在专制政体的脏水坑中缓慢地腐烂要强。

很明显，我们俄罗斯已经进入这样的时代：我们的灵魂深入开始觉悟的所有的人，应当洗净几个世纪以来在身上积淀的生活的污垢，去掉我们斯拉夫人的懒惰，重新审视我们的各种习俗，对生活的各种评价，对各种思想、对人的评价，我们应当激发自身的全部力量和能力，最后以新的、大胆的、天才的工作者的姿态来料理我们星球的全人类的工作。

是的，我们的处境是十分悲惨的，但人的最高境界却是在悲剧中。

是的，生活是很困难，在生活表面飘浮着太多琐碎的恨，但却缺乏反对鄙俗的神圣的恨，缺乏对鄙俗来说致命的恨。

但是，正如埃及托勒密王朝的主教辛耐席所说的："对哲学来说必须有宁静的灵魂，但只有风暴才能培养出干练的舵手。"

我们会相信，在混沌和风暴中没有死去的人会坚强起来，并培养出抗拒古老、野蛮的生活准则的不可动摇的力量。

今天是基督复活节：基督是用人对正义和美的渴求创造出来的两个最伟大象征中的一个。

基督是仁慈和人性的不朽的思想；普罗米修斯是诸神的敌人，第一个拒绝命运的叛逆者。人类还没有创造比这两个体现自己理想的形象更为庄严的形象。

这一天会到来的，那时自尊和仁慈、温和和急功近利，这两种具有象征意义的不同类型的情感在人们心里融为一种伟大的情感，那时所有的人会意识到自己意向的重大意义和美，意识到彼此之间同宗同种的联系。

在对许多人来说都是可怕的造反、流血、敌视的日子里，不应当忘记，经历巨大的痛苦、难以忍受的折磨之后，我们会走向人的复生，会完成把生活从旧时代沉重、生锈的锁链中解放出来的事业。

我们会相信自己会不倦地工作，一切都在于我们的决心。除了我们明智的决心外，世上没有别的导师。

向一切在一系列事件风暴中感到孤独、饱受充满恶意怀疑的折磨、心情十分悲痛的人们致以衷心的问候！

向一切无辜被押在狱中的人们致以衷心的问候！

（陈寿朋 孟苏荣 译）

※ "站起来，死人们！"

丑恶的现象总比人创造出来的体现美好感情和崇高愿望的事物要多得多，这个道理是显而易见而又十分可悲的。当我们感到自由、正义、美好的胜利愈接近实现，通向人类光明道路上的丑类在我们面前就愈显得卑劣。污秽在阳光下总是格外显眼，但常有这种情况：当我们太注意敌视美好事物的那些现象，我们往往就看不见太阳的光辉，感觉不到它促使万物生机勃勃的力量。

3年前我们就怀着忧伤、恐惧和愤怒的情感开始叫喊，俄国正处于死亡的边缘，但在很久以前，我们就低声细语地用由于专制制度的书刊检查而变了样的话语来谈论国家不可避免的死亡。3年来我们不断经历大的灾难，俄罗斯死亡的喊声愈来愈高，国家生存的外部条件愈来愈严峻，它内部的瓦解似乎愈来愈明显，它好像早就该在政治上崩溃了，但时至今日它并未崩溃，明天也不会死去，如果我们不想让它死的话。应当记住，丑恶的东西，像一切美好的事物一样，都是我们制造出来的，要培养我们尚未理解的、个人对祖国命运应负责任的意识。

我们生活得很龌龊，很丢人，谈论这个是多余的，因为这是众所周知的事。

我们早就过这种生活，况且，在专制制度下我们生活得更龌龊，更丢人。当时我们幻想自由，感觉不到自己是活生生的具有创造性的自由的力量，如今全体人民终于感到这种力量。目前人民利用这种力量却显得自私和下贱，粗野和反常。大家都这样。但是已经到时候了，我们应当理解和评价这一具有重大意义的事实：经历了最残酷的奴隶制的人民已从沉重的、摧残人的锁链下解放出来。不过我们还没有从内心根除奴隶制的残余，还不相信我们已经自由，还不善于充分利用自由的恩赐，有鉴于此，而主要由于缺乏信心，我们显得如此令人讨厌的愚蠢，这样病态的残酷，这样可笑和糊涂地相互害怕和相互恐吓。

尽管如此，整个俄罗斯包括每个人都彻底自由了。不仅表面上自由，而且它的内部、它的基础、它最深层的基础——亚细亚式的因循守旧，东方式的保守主义也动摇了。

由于苦难深重，俄国人民像野兽一样哀号和奔突，这不能不改变他们的心理素养、他们的偏见和成见、他们的精神素质。他们应当很快理解，不管外部敌人多么强大和贪婪，对俄国人民来说，最可怕的是内部敌人——他们本身，他们对待自己、对待人的态度（人们没有教会他们器重和尊重人），对待理性和知识的态度（他们不了解，也不珍惜其力量，认为这种力量是老爷们想出来的敌视农民的谎话）。

他们靠古老的亚细亚式的诡计生活，从不考虑明天，遵循糊涂的说法："一天又过去了，谢天谢地！"现在敌人告诉他们，他们像被追捕的野兽，他们的这种诡计，同组织起来的理性形成稳定而坚强的力量相比是毫无价值的。现在他们应当用思考和劳动来打发6个月冬季的日子，而不是过半醒、半饥、无所事事的生活。他们应当了解，他们的祖国并非只局限在一省、一县的范围之内，而是一个大国，充满取之不尽的财富，能给他们诚实和聪明的劳动酬报以神话般的礼物。他们要明白：

懒惰是肉体的蠢笨，

蠢笨是头脑的懒惰。

他们还要学习，以便使头脑和肉体都健康起来。

革命，这是痉挛，随之应出现的是通向革命行为提出的目标缓慢有序的行动。在全体法国人民感到整个法兰西是自己的祖国之前，法国大革命震撼并折磨它的英雄人民整整10年，我们知道，他们是如何英勇地捍卫祖国的自由，反对欧洲的一切反动势力。意大利人民在40年间进行了几十次革命，然后才建立了统一的意大利。

哪里的人民不有意识地参加创造自己的历史，他们对祖国就不会有感情，不会意识到对祖国的灾难负有责任。现在全体俄罗斯人民参加创造自己的历史，这是具有巨大重要性的事件，应当从这方面来评价使我们苦恼和欢乐的一切坏事和好事。

是的，人们半饥半饱，备受折磨；是的，他们有许多劣行，而且不仅在对待艺术方面可以把他们称之为"餐具店里的河马"。这是一种迟钝的、未经理性组织起来的力量，但又是一种巨大的、具有潜在天才的力量，它确实能够得到全面的发展。一些人如此猛烈地、拼命地谴责和践踏革命民主派，力图向它重新夺权，哪怕是一时得逞，使它服从于合法政党的狭隘利己的利益，但是他们忘了一条最简单的、对他们不利的真理："自由的和有理性的劳动者人数愈多，劳动的质量就愈高，完成新的、最高形式的社会生活的过程就愈快。如果我们能使一个国家全体脑力劳动者都卓有成效地工作，我们一定能建成一个神奇的国家！"

我们不习惯于用全身心的力量投入生活，我们已经倦于革命了。对我们大家来说，这是一种过早的和危险的疲倦。我个人是不相信这种致命的疲倦的，我认为它会消失，如果国内能传出充满朝气、令人振奋的声音——应当响起这样的声音！

在西方的一次战斗中，法国上尉率领自己的部队去攻打敌人的阵地。他绝望地看到，他的士兵一个接一个倒下，有的是中弹死的，而更多的人是由于害怕，不相信自己的力量，他们认为任务是无法完成的，因此感到绝望。这时这位上尉像由英勇历史培养出来的法国人该做的那样，大喊了一声：

"站起来，死人们！"

被恐惧击倒的人复活了，他们打败了敌人。

我坚信这天快到了：有一个非常热爱我们的人，他能了解并谅解一切，也会向我们大喊一声：

"站起来，死人们！"

于是我们站了起来，于是敌人被我们打败了。

我相信这一点。

（陈寿朋　孟苏荣　译）

贝·洛克

希莱尔·贝洛克（1870—1953），英国作家。

他基本上是一位社会活动家，却在历史、诗歌和随笔诸方面都取得了成绩。

※ 论贫穷

前几天，我凑巧有机会对几个年轻人讲了讲贫穷这个问题。我本打算把这讲话题目叫做《贫穷：达到贫穷：达到时保住贫穷》，可是我发现对我这个题目没有必要解释。那些年轻人全都明白我指什么。

在做这个简短讲话时，一如你不用笔记一路讲去总是会发生的情况，我发现了贫穷这东西各种新的方面。我们大家都知道简单而直接地看待贫穷：例如它如何对灵魂益处良多，它是多么好的锤炼，那些高级权威人士如何不以它为耻，等等。我们还知道我们受人教导而仰慕的所有那些人物如何白手起家，而且我希望我们大家从心底里认为贫穷是美德和正常生活的根基。

然而这些观点是笼统的，模糊的。我信口一路讲来，不觉讲到了贫穷的细微，靠着记忆和理智想到了受穷的某些小的、实在的、特殊的好处，还考虑到了一个守住贫穷的理论：保持贫苦的规则。

这样一来，我首先发现了贫穷的一个定义：贫穷是一种状态，一个身置其中的人坚持不懈为自己的未来以及家人着急，再不能按他与生俱来的那个标准追求生活，既不得不低三下四做人，又忍不住想着揭竿而起，却最终不可阻挡地走向了绝望。

以上就是我作出的贫穷定义，而且一旦作出这一定义，这样一种条件下泻流出来的良好效果便一目了然了。

首先伴随贫穷而来的大好事情是它能让人慷慨大方。你会注意到有不少富人不是贪婪就是小气，并且所有富人都不得不按照他们身份的本质，处处行事谨慎，而贫穷和困难的人却只要拥有什么东西，就乐意与人分享。不错，这种行为并非出自良好的动机，而仅仅是他们相信不管自己干什么，到头来结果差不多还是受穷，因此他对伙计乐善好施不过是既因为弱势也因为麻木。再说了，贫穷培养习惯，于是，那些在这种穷困中养就的脾性的人偶尔挣得大笔钱时总是大把大把地把钱花掉。

然后另一个陪伴贫穷而来的好处是，贫穷能治愈你的各种幻想。陪伴富人而来的，尤其是富有的女人，最令人恼火的事情是他们生活其中的那种幻想的陷阱。当然，那也并不全是幻想，它一定具有许多意识的假象。但是，不管你怎么说，它是不现实的深渊，与之沟通最终只会让人不堪忍受。却说穷人从物质上就受到限制，掉不进这样心与智的罪过里去。他不可能想到警察是英雄，法官是超人之人，公众人物的动机总的说来并非肮脏不堪。他看着那种善良的家庭老仆人，不会产生什么奇怪念头，在工业巨头身上也看不出超人的才智。俗话说得好，穷人只会奋起反抗。他得面对警察的欺侮和腐败，面对工业巨头的非人性的愚蠢行为，面对律师狡猾的自我标榜，面对种种寄生的生意人的令人作呕的虚伪：这些就是当男管家的需要面对的。他是通过接触和直接的个人经历遭遇所有这些东西的。他头脑里的人类花园，不过是战士把战争看作图画，不过是水手把大海视为娱乐场。

我们也许还要感谢贫穷（我们中间那些正在享受其优惠的人）剪除了我们生活的某些让我们的富有的兄弟们不得已而为之的行为。我认识一个富人被迫一天至少更换两次衣服，经常是三次，在规定时期到规定地方旅游，一次一个轮着看望至少六十个人。他还不如学校里的孩子更有自由，不如军队里的下士少受管束。的确，他根本没有真正的闲暇时间，因为数不清的事情就是这样缠着他。但是你们穷人甚至想象不出杂七杂八的事情会是什么。如果你要告诉他不得不去里维埃拉世俗野气里过一个又一个星期，他对"不得不"这个词儿就根本理解不了。他或许会说保不准有人就喜欢这种事情，可是谁要是摊上这等好事而没有强烈的口味反常，他倒是理解不了了。

磨难的、焦虑的、肮脏的贫困还有一种好处。灵魂的敌人莫过于懒惰，但是处于这种麻钝的继续恶化状态中，如同一种哼哼唧唧的牙痛，懒惰是不可能的。不过灵魂另一个敌人是骄傲，即便穷酸的人也不能真正保持住骄傲。他倒是想养出些傲气，他也许希望将来培养出傲气，可他马上做不到这步。或者，再说了，旧时迷信说法称为"魂"的人的最深处总是会被奢侈所伤害。贫穷不怕，归根结底它禁止奢侈，限制奢侈。

我很清楚你会告诉我无数例子，证明你认识的穷绅士如何喝鸡尾酒，吃鱼子酱，去戏院（还坐在正厅前座吧），坐出租车，就着咖啡喝甜露酒，而且一掷千金。一点没错，但是倘若你凑近些观察这些人的生活，你会发现他们的这些习惯中有一种不断衰退的现象。出租车在五点四十五以后会越来越难打；鱼子酱灭绝了；尽管甜露酒就咖啡方兴未艾，但是这似乎难以置信，因为贫穷和奢侈是水火不相容的。

确实，我去年4月在一个名叫里莱博尼的镇里（我当时在那里检查罗马遗址对维持旅馆的影响）遇上了一个人，他告诉我战前他习惯在瑞士度假日（他是一名牧师），但是现在他能到挪威去了。根据这个说法，我用一张纸为他草草勾勒出一个计划，标出辐射向量（我的牧师也用了循序渐进的向量）画出级别，表明一次度假的多种花销。借着图，我让他看看一个假日如何度过——在东非海岸射杀狮子费用太多，另有一种假日在摩洛哥跟法国人讨价还价太多，再有一种假日又让西班牙人感到恼火，还是只有徒步在挪威过假日最便宜，那地方就在这些岛屿的海岸一个区区的布拉德布里库房一带。他把这张小示图叠起来，拿上走了——一还有点不知道更便宜的假日还可以在阿登山区度过呢。

然而，我认为，贫穷利用反话还可以产生许多更高贵的效果。我把这看作智力宴会里的提味盐。我当然知道富人与生俱来地拥有说反话的本领，好比一张图画本是一个人为自己取乐而作，画好贴在了自家墙上。所有伦敦穷人都会说反话，而且，的确，全世界的穷人也都会说反话。即使穷绅士一过50岁也会发现说反话的妙处，成为他们的杀手锏，一如一个男人遇到不开心的事爱喝雪利酒一样。请注意，反话会扼杀愚蠢的讽刺，而且扼杀愚蠢的讽刺的反话中有了代理人，就等于拥有一贴防腐剂，制约心智发生化脓反应。

还有，贫穷让人讲究现实。你可以告诉我讲究现实没有什么优势。讲究现实是没有什么直接的好处，但是我敢说长此以往是有好处的，因为倘若你置现实于不顾，迟早你会反过来和现实作对，好比一艘航船在大雾中撞上礁石，你一定会如同难船一样吃尽苦头。

如果你对富人说，他的某位同事颇有才华，他听了会做出一副慵懒却诚实的样子，承认你说得对。一个穷人却更会来事：他嘴上承认了，却不会愚蠢得从心里接受。

最后，关于贫穷，我想到了这点，那就是它让你为坟墓做了周到的准备。我曾听见一个乞丐兴致勃勃地说，富人死了什么也带不走。按照字面听他这话，他错了，因为富人临死带走了奉承、愚蠢、幻想、骄傲和许多好东西，更别说与他们的皮肤难舍难分的衣服了。若真把他们的衣服脱得连件内裤都不剩，那倒是伤害到骨子里去了。不过我知道这位乞丐话中的真正意思——他是说富人进坟入土什么也带不走，是指汽车啦、热水啦、更换干净衣服啦，还有各种各样让人受不了的讨厌娱乐啦。富人临死把与皮肤俱存的那些外部东西全给剥掉了。穷人临死却什么也剥不掉。因此，在冥府渡神的船上他们占了先机，首先到达彼岸。就是这点，依我之见，应算得上某种优势吧。

（韩终莘 译）

普鲁斯特

普鲁斯特（1871—1922），法国小说家。
1912年起不断地致力于13卷小说《追忆逝水年华》的创作。
他去世前终于在巴黎完成了这部巨著。1919年获龚古尔奖。

※ 梦幻人生

雄心壮志比荣耀名誉更令人陶醉。欲望逐渐萌发，占有欲使世间万物黯然失色。与其体验人生还不如梦幻人生。尽管体验人生等于梦幻人生，然而梦幻人生既不那么神秘，也不那么明确。一个模糊而又沉重的梦，就像正在反刍的动物微弱的意识中散乱的梦。在室内看莎士比亚的戏剧要比在剧场看演出更加精彩。创造了不朽的痴情女子形象的诗人往往只熟悉平庸的客栈女仆，而最令人羡慕的情种却根本不知道如何设计他们自己的生活，或者让什么样的生活支配他们。

——我认识一个体质孱弱、想象早熟的十岁男孩，他曾经许愿要把一种纯属臆想的爱献给一个比他大的女孩。他一连几个小时等在窗前看她经过，看不见她男孩会哭，看见她也会哭而且哭得更厉害。他与女孩一起的时间很少很短。他不睡觉不吃饭。一天，他从自己家的窗口跳了下去。开始人们以为促使他去死的原因是根本无法接近他的女友让他感到绝望。事实恰好相反，他刚刚跟女孩谈了很久很久，而且女孩对他非常温存体贴。于是人们又推测，他之所以弃绝他平庸乏味的有生之日是因为唯恐这次欢情不会重演。从前他经常对一位朋友倾诉衷肠，从中可以推断，他每次看见梦中的女孩都会感到一种失望。但是女孩一离开，他那丰富的想象就全部集中在走掉的小女孩身上，于是他重又盼望见到她。每一次他都试图从不尽人意的状况中寻找他失望的偶然原因。最后一次会面之后，他那招之即来的异想天开把他的女友引向性质可疑的十全十美的巅峰，他绝望地将这种不尽人意的完美与他体验到并且为之去死的绝对完美相比较，结果他跳了窗。从此他变成了痴呆而且活了很久。他被摔得失去了记忆，女友的心灵、思想和言论被他忘得一干二净，碰见女友他也视而不见。然而她却不顾别人的恳求和威胁，毅然嫁给了他。后来她变得面目全非，让人无法辨认，又过了几年她才死去。

——生活就像这个小女孩。我们对生活进行思索，我们热衷于思索生活。试着去体验生活大可不必，头脑一糊涂我们就会往下跳，就像这个小男孩，然而这一切不是在刹那间发生的，因为生活中的一切是在潜移默化不知不觉之中逐渐堕落的。10年之后，我们不再记得甚至否认自己的梦，我们就像一头牛那样为了适时生长的牧草而活着。然而，从我们都会与死神缔结良缘这一点来看，天晓得我们的不道德意识会不会萌生？

室利·阿罗宾诺（1872—1905），印度英语诗人、哲学家。
主要作品有《神圣的生活》《莎维德丽》等。

※ 人：一种无常的存在

人是一种非终极的无常的存在。高处的圣光照耀着我们的身心，那里才是我们神往的终极所在，那里昭示着我们从有限的、苦难的尘世走向自在的解脱之道。

我是说人的心灵被禁锢于肉体之中，而在可能存在的意志力之中，心灵并不是至高无上的。因为心灵并不占据着绝对的真理，而只是绝对真理的天真的探索者。绝对真理被人的心灵之外的某种超智性的或说是神秘的意志力占据着。这个超智性与神圣的知者和创世者那无穷的智慧和无尽的意志力不可分割，它自在自为，是充满活力的意志之源。超智性便是超人，人类下一个非凡的进化便是走向超人的存在。

从人走向超人是我们生命进化中下一个能够达到的成就，其必然性合于我们内在精神的意向与自然生命进化的逻辑。

从物质世界和动物界进化到人，这种可能性既已实现的事实是降临中的圣光之第一次闪现，是神性诞生于物质之中的第一个遥远的兆示。从人类世界中诞生出超人将是这种神圣兆示之希望的圆满实现。从我们被肉体束缚着的灵魂中正在出现与力量、幸福和知识联为一体的神秘的日之光晕，超智性将会是那闪耀着的光彩之形成。

超智性的存在并不是将自身的天性发展到顶峰的人，也不是比人类的伟绩、知识、权力、智性、意志、性情、天才、活力、神圣、爱恋、纯洁或完善更高一级的限度。超智性是超越于人的灵性与人的有限性之外的某种存在。它是比人类天性中可能出现的最高意识更伟大的意识。

人是一种智性的存在，其智力的显现因和物质性的大脑联为一体而受制、而含混、而贬抑。即使是处于最佳的状态，智性也只是通过大脑这个附属物而对至高的力和自由之可能性做出较为清晰的闪现。如果与神圣的力量隔绝，它便不可能超越某些狭隘而可怕的限制而对我们的生活做出改变。这是一种受制的力，常常表现为利益的仆人或侍者，用以满足我们的生命或肉身的种种娱乐性欲望。而神圣的超人则是神秘的精灵，其超智性虽在上方却也能洞察下界的一切，它将把握我们的智性与肉身，它将使我们的心灵、生命与身体发生本质性的变化。

心灵体现着存在于人身上的最高的力，但这是一种求知中的、迷茫的、本身在不停地挣扎着的力。即使心灵极其明亮之时，它也不过是一线微光的折射罢了。闪耀着圣光的、自由的超心智将是超人的主脑，其自在的知识之轮的无限运转，其自发的力量源泉，其永恒的喜悦将使俗界的众神之生命达到和谐的境地。

人不过是虚无而已，但人充满了欲望，他是着迷于高度的侏儒，卑微地要达到那高不可攀的富丽与堂皇。他的心灵在宇宙神灵的万般光彩中是一束黑色的光线。他的生命是奋斗、兴奋和苦难，他受激情摆弄、被悲伤折磨，盲人或哑巴似的渴求着宇宙神灵的一瞬间。他的身体是物质世界中劳作着的、易逝的尘埃。这不可能是那神秘的大自然之造化的终点。超越于人的某种生灵存在着，那将是人类的未来。否认其可能性、否认其存在的偏见像大墙一样挡在面前，我们只能通过大墙上的裂口对比依稀而见。一个不朽的灵魂存在于人身上的某个地方，显示出一些存在的火花。某种永恒的精灵从上面遮庇着人，同时保持着人的天性中灵魂的延续性。然而这个更伟大的精灵由于他自塑人格的硬壳的限制而不可降临，这样，内在的明亮的灵魂被包扎压抑于厚厚的外表之中。总的来说，有一些灵魂鲜于动，大多数灵魂更是看不见的。人身上的灵魂和精灵，看来与其说是人们永恒或看得见的真实的一部分，不如说它们存在于人的天性的背后或上方。与其说它们诞生于肉体，不如说它们处于生的过程；与其说它们是现实的存在物，不如说它们代表了人类意识的可能性。

人的伟大不在于他是什么，而在于他可能做什么。他的荣耀在于他是一个封闭的地方和神秘的劳工车间，在这里神圣的"人家"正在培育着超人。同时人也被赋予一种比其自身更伟大的属性：非低级的创造，正是这种属性使得人本身部分地成为制造这种变更的匠人。要使降临于人的肉体之中的荣耀代替人本身，需要人对其间的参与，需要人在意识中有认可和献身的意志，人在世间的渴望正体现了大地对超智慧的创造者的呼唤。

如果人人都在呼唤并且得到了至高无上的回答，那么无量而辉煌的变更时代便在目前了。

（石海峻 译）

岛崎藤村

岛崎藤村（1872—1943），日本诗人、散文家和小说家。
主要作品《破戒》《千曲川风情》等。

※ 三位来客

"冬"访问我来了。

老实说，我在等候一个比"冬"更为丑陋的满脸皱纹的老太太，她贫寒憔悴，昏然欲睡，瑟索战栗着。可是细细端详来到身边的"冬"的模样，不禁使我惊讶，她同我脑海中原有的印象及推测迥然不同。

我于是问道：

"你就是'冬'吗？！"

"瞧你说的，你到底把我当成谁啦？原来你竟如此误解了我！""冬"回答道。

"冬"指着形形色色的树木给我看。她说你瞧那满天星！我朝她手指的方向看去，枯槁的红叶早巳落尽，一条条棕色的细嫩枝条冒出新芽，不论是水灵灵的泛着光泽的嫩枝上，还是破节而出的幼芽上，都充满了冬天的光辉。岂止满天星？梅也伸出了墨绿的嫩枝，有的竟长到一尺多了。杜鹃虽缩作一团蹲伏在那儿，却毫无惶惶悚悚的样子。"冬"又叫我看山茶树。它那映着冬阳油光碧绿的叶片，放出一种不可名状的鲜艳光彩，而它那硕大的花蕾便从这茂密的叶丛中探出头来。山茶花开放时仿佛带着一种庄重的笑容，有些花朵开得很早，甚至在霜降之前就已开败了。

"冬"又手指八角金盘给我看，这树色彩新奇，白中透绿，绿中泛白，它那矫健有力地花形打破了周围的平淡。

我曾在异乡的旅店度过三个阴暗的冬天。每至凄风冷雨天气，拉窗上一片昏暗，我总要忆起那巴黎之冬。在那儿，每年一到天时最短的冬至前后，上午九点左右刚刚天明，下午三点半就又进入黑夜了。波德莱尔在其诗中把北极的太阳描绘成燃烧得通红而又极其冰冷的一团，其实这样的太阳，散步在巴黎街头是经常可见的，无须去遐想北极尽头的情景。在巴黎只有马路两旁凋零的七叶树之间的草坪还毫无枯色，一片葱翠，形成一幅别致的冬景。不过，还是舍发奴在其壁画《冬》中所描绘的那种灰暗、深沉、寂静的色调才恰当地表现了那里的自然景象。

阔别数载，我又重来东京郊区过冬。连室内也充满冬阳的灿烂光辉，这是我三年羁旅生活中从未见过的。并且，在这样的季节里能仰望辽阔无边的苍穹也是难得的。我记得当时来到我身边轻声低语的，似乎就是武藏野之"冬"。

此后，"冬"每年都来访问我。移居麻布过冬以来，我益发改变了对这位来客的看法。提起"冬"，我就想起在信浓所见到的"冬"，它对我来说最为亲切。那时我每年要和"冬"一起生活长达5个月之久。可是那里一到冬天，山上所有的东西就都销声匿迹了，因此我连"冬"的笑脸也未曾见过。早在11月上旬，初雪就遍洒群山。等那灰暗、凄冷、含着雪意的天空中，连点阳光也难得看见时，浅间火山的喷烟也隐形藏迹，不见了踪影，就连千曲川的流水也被封于冰下。我举目所见，惟有一片深深的不消融的积雪！这雪把我破旧住宅的庭园也埋没在下面，并且，有时甚至高山北面房廊的地面。垂在檐下的利剑般的冰溜竟有二三尺长。在那漫漫的寒夜里，屋内立柱常被冻裂而发出声响，我听着那裂声，简直像蛰伏洞中的虫豸一般缩作一团。

正是这个"冬"给我造成了先入为主的成见。我在那儿的山上，先后七次迎接"冬"。而这些"冬"留给我的印象只是一片灰蒙蒙而已。我在巴黎见到的"冬"没有这么深厚的积雪，但是灰暗的色调却不亚于信浓山区。所以那次我远游归来，见到久别而来访的"冬"时，我怎么也不敢相信她就是"冬"！

天涯归来迎接第三个"冬"的时候，我第一次仔仔细细地观察了常青树的嫩叶，这是从未有过的尝试。迄今，我只一心注意干枯凋零的霜叶，却忽视了初冬生发的常绿树的新叶。而这初冬的新叶恰是一年之中观看树木世界所见的最美丽动人的景物之一。这年的"冬"还把罗汉松的翠叶和红果满枝头的朱砂根等指给我看。朱砂根的果实也有白色的。这样浓艳的珠光玉色，非冬天是无法欣赏到的。"冬"又指着栎树给我看，瞧那微黑壮实的躯干，纤细却不失矫健之态的枝条，宛如一座座哥特式的建筑物。更见那栎树的嫩叶映照在冬阳之下泛出难以形容的深沉光辉。

然后，"冬"对我说道："你过去竟然如此地误解了我。可是我今年还给你小女儿带来了礼物。她那红红的脸蛋也是我的一点点心意！"

"穷"访问我来了。

这位客人摆出一副自幼就是老熟人的面孔，竟随随便便地走到我身边。老实说，我每次见到这位频频来访的客人，总觉得他比"冬"更为丑陋。他仿佛要说："喂！咱们是老相识啦！"只要一见面，我就得低下头来。我实在无法久久地注视他。可是这次我仔细端详来到我身边的这位客人时，竟意外地发现了他的温和的微笑。于是我不能不以原来询问"冬"的那种口气向这位客人发问道："你就是'穷'吗？！"

"瞧你说的，你把我看成谁啦？迄今那么长时间你竟然不了解我？！""穷"回答说。

　　"真是难得！过去我不曾见过你的笑容，甚至不曾想过你还有这么一张笑脸。我一直以为你是个不会笑的人。因此，你偶尔一笑，我浑身不寒而栗，感到厌恶。不过，或许因为我和你混熟，你待在我身边，我最放心。"

　　我这么一说，"穷"笑道："你可不能和我亲热呀！我希望你更加尊重我。有人经常在我头上冠以'清'字，称我为'清贫'，但是真正的我并不那么冷酷无情。我既能在自己踏出的足迹上开出鲜花，也能把自己的房屋变成宫殿。可以说我是个魔术师。虽然如此，我并不醉心于世俗的所谓'财富'，我胸怀着更为远大的理想。"

　　"老"也访问我来了。

　　在我心目中这"老"比"穷"还要丑陋。然而奇怪的是，连"老"也向我示以微笑。于是我又不能不以询问"穷"的那种语气发问道："原来你就是'老'啊？！"

　　我仔细观察来到我身边的"老"的容貌，才恍然大悟，原来我在脑海中所描绘的，并非真正的"老"，而是"干枯"。现在我身边的"老"是一个更为容光焕发，更加值得宝贵的老人。

　　但是这位客人到我这儿来岁月尚浅。如不同他更多地促膝交谈，便不可能真正了解他。我现在仅仅知道了他的笑容而已。总之，我要想方设法深入了解这位客人，从而自己今后也甘心情愿作一个年老者。

　　我觉得似乎还有谁要来访问我。好像就伫立于我家门口。我觉察出它就是"死"。但是上述三位来客已经教育了我：先入为主的思想方法是错误的。说不定"死"也同样地会教给我一些不曾料想到的东西吧。

罗素

伯特兰·亚瑟·罗素（1872—1970），英国著名哲学家、数学家。
主要作品有《数学原理》《哲学论文》《神秘主义与逻辑学》《记忆中的画面及其他》等。
1950年获诺贝尔文学奖。

※ 论老之将至

虽然有这样一个标题，这篇文章真正要谈的却是怎样才能不老。在我这个年纪，这实在是一个至关重要的问题。

我的第一个忠告是，要仔细选择你的祖先。尽管我的双亲皆属早逝，但是考虑到我的其他祖先，我的选择还是很不错的。是的，我的外祖父六十七岁时去世，正值盛年，可是另外三位祖父辈的亲人都活到八十岁以上。至于稍远些的亲戚，我只发现一位没能长寿的，他死于一种已罕见的病症：被杀头。我的一位曾祖母是吉本的朋友，她活到九十二岁高龄，一直到死，她始终是让子孙们全都感到敬畏的人。

我的外祖母，一辈子生了十个孩子，活了九个，还有一个早年夭折，此外还有过多次流产。可是守寡之后，她马上就致力于妇女的高等教育事业。她是格顿学院的创办人之一，力图使妇女进入医疗行业。她总好讲起她在意大利遇到过的一位面容悲哀的老年绅士，她询问他忧郁的缘故，他说他刚刚失去了两个孙子。

"天哪！"她叫道，"我有七十二个孙儿孙女，如果我每失去一个就要悲伤不止，那我就没法活了！"

"奇怪的母亲。"他回答说。

但是，作为她的七十二个孙儿孙女的一员，我却要说我更喜欢她的见地。上了八十岁，她开始感到有些难于入睡，她便经常在午夜时分至凌晨三时这段时间里阅读科普方面的书籍。我想她根本就没有功夫去留意她在衰老。我认为，这就是保持年轻的最佳方法。如果你的兴趣和活动既广泛又浓烈，而且你又能从中感到自己仍然精力旺盛，那么你就不必去考虑你已经活了多少年这种纯粹的统计学情况，更不必去考虑你那也许不很长久的未来。

至于健康，由于我这一生几乎从未患过病，也就没有什么有益的忠告。我吃喝皆随心所欲，醒不了的时候就睡觉。我做事情从不以它是否有益健康为根据，尽管实际上我喜欢做的事情通常是有益健康的。

从心理角度讲，老年需防止两种危险。一是过分沉湎于往事。人不能生活在回忆当中，不能生活在对美好的往昔的怀念或对去世的友人的哀念之中。一个人应当把心思放在未来，放到需要自己去做点什么的事情上，要做到这一点并非轻而易举，往事的影响总是在不断地增加。人们总好认为自己过去的情感要比现在强烈得多，头脑也比现在敏锐。假如真的如此，就该忘掉它；而如果可以忘掉它，那你自以为是的情况就可能并不是真的。

另一件应当避免的事是依恋年轻人，期望从他们的勃勃生气中获取力量。子女们长大成人之后，都想按照自己的意愿生活。如果你还像他们年幼时，那样关心他们，你就会成为他们的包袱，除非他们是异常迟钝的人。我不是说不应该关心子女，而是说这种关心应该是含蓄的，假如可能的话，还应是宽厚的，而不应该过分地感情用事。动物的幼子一旦自立，大动物就不再关心它们了。人类则因其幼年时期较长而难于做到这一点。

我认为，对于那些具有强烈的爱好、其活动又都恰当适宜、并且不受个人情感影响的人们，成功地度过老年绝非难事。只有在这个范围里，长寿才真正有益；只有在这个范围里，源于经验的智慧才能不受压制地得到运用。告诫已经成人的孩子别犯错误是没有用处的，因为一来他们不会相信你，二来错误原来就是教育所必不可少的要素之一。但是，如果你是那种受个人情感支配的人，你就会感到，不把心思都放在子女和孙儿女身上，你就会觉得生活很空虚。假如事实确是如此，那么当你还能为他们提供物质上的帮助，譬如支援他们一笔钱或者为他们编织毛线外套的时候，你就必须明白，绝不要期望他们会因为你的陪伴而感到快活。

有些老人因害怕死亡而苦恼。年轻人害怕死亡是可以理解的。有些年轻人担心他们会在战斗中丧生。一想到会失去生活能够给予他们的种种美好事物，他们就感到痛苦。这种担心并不是无缘无故的，也是情有可原的。但是，对于一位经历了人世的悲欢、履行了个人职责的老人，害怕死亡就有些可怜且可耻了。克服这种恐惧的最好办法是——至少我是这样看的——逐渐扩大你的兴趣范围并使其不受个人情感的影响，直至包围自我的围墙一点一点地离开你，而你的生活则越来越融合于大家的生活之中。每一个人的生活都应该像河水一样——开始是细小的，被限制在狭窄的两岸之间，然后热烈地冲过巨石、滑下瀑布。渐渐地，河道变宽了，河岸扩展了，河水流得更平衡了。最后，河水流入了海洋，不再有明显的间断和停顿，而后便毫无痛苦地摆脱了自身的存在。能够这样理解自己的一生的老人，将不会因害怕死亡而痛苦，因为他所珍爱的一切都将继续存在下去。而且，如果随着精力的衰退，疲倦之感日渐增加，长眠并非是不受欢迎的念头。我渴望死于尚能劳作之时，同时知道他人将继续我所未竟的事业，我大可因为已经尽了自己之所能而感到安慰。

（申慧辉 译）

毛姆

威廉·萨默赛特·毛姆（1874—1965），英国小说家、戏剧家。

代表作有长篇小说：《兰贝斯的丽莎》《刀刃》《卡塔林纳》《彩巾》《人间枷锁》《月亮和六便士》《大吃大唱》；

短篇小说集《叶的震颤》《卡苏里纳树》《阿金》等；其最著名的剧本是《圈子》。此外，毛姆还有大量的散文、游记、回记录及文艺批评等作品。

※ 人生的意义

如果我们撇开上帝的存在和精神不灭的可能性，认为它们实在难以置信，不能对我们的行为产生任何影响，那么我们必须确定人生的意义和用处是什么。如果死亡终止一切，如果我既无死后有福的希望，又不怕祸患，那么我必须问自己，我到这个世界来干什么，既来了，应该如何为人。

这些问题中，有一个问题回答很简单，可是这回答太令人扫兴，大多数人都不愿承认。那就是：人生没有道理，人生没有意义。我们在这里，是在一颗小行星上作短暂的居留，这颗小行星绕着另一颗小星旋转，而那颗小星又是无数星系中的一颗。也许只有我们这颗行星上能有生命；或者在这宇宙的其他地方，别的行星可能已经在形成一种适合于某种物体生存的环境，可能正是这种物体经过亿万年漫长的时间逐渐生成了今天的我们这些人。

倘若天文学家们告诉我们的是真的话，这个行星有一天会变成这样一个情况，到时候所有生物都将不再能在它上面生存，最后宇宙将到达那终极平衡阶段，一切归于静止。而人，在这情况到来的亿万年以前早已不复存在了。到那个时候，他是否曾经存在过，可能设想有什么意思吗？他将已成为宇宙史上的一章，有如记述原始时代地球上生存过的奇形巨兽的生活故事的一章，同样地毫无意义。

于是我必须问我自己，这一切对我都有什么关系，另外，如果我尽量利用我的一生，从中得到最大的好处，我又该如何对付这个世界。这不是我在说话，这是我心中的渴望在说话，这是每个人心中都有的，渴望坚持自己的存在，这就是自我主义。

我们大家从来不知多少年代以前开始使一切活动起来的那种古远的能是哪里继承下来的。它是每种生物保持生存的自我执著所必需，它使它们活着。这是人的根本。它的满足就是斯宾诺莎说我们所能希望达到的最高极限——自我满足，"因为人们保存自己，并没有任何目的。"

我们可以设想，精神在人身内发光，是给人用以应付周围环境的，经过千秋万代，它还只发展到仅能应付实际生活的一些主要问题。

可是在那漫长的岁月中它似乎终于超越他的直接需要，随着想象力的发展，人类把他的环境扩大到了肉眼看不见的事物。我们知道他当时是用什么回答来满足他给自己提出的问题的。在他身内燃烧的能是那么强烈，他不可能怀疑它的巨大力量，他的自我主义是无所不包的，因而他无从设想自己消灭的可能性。这些回答至今使许多人感到满意。它们使人生赋有意义，给人的虚荣心带来安慰。

大多数人不大思考。他们接受他们在世界上的存在。他们是盲目的奴隶，主要的动力就是抗争，他们被驱向这边，驱向那边，竭力满足他们的自然冲动，直到筋疲力尽，犹如烛光般熄灭完事。他们的生活纯粹是本能的。也许他们这样倒是更大的智慧。

不过，倘使你的精神发展到发现有些问题逼着要你回答，而你觉得那些老答案是错误的，那你怎么办呢？你怎么回答呢？

这些问题中至少有一个问题，曾有历来最聪明的人中的两位，亚里士多德和歌德，作出过他们各自的回答。你试加考虑，会觉得他们所讲的似乎大同小异，而且我认为并没有多大意思。亚里士多德说：人类活动的目的是做好事情。歌德说人生的秘诀是生活。

我想歌德这话的意思是说，一个人到自我完成——即充分发挥自己的才能和完成自己的愿望，才不虚此生，他瞧不起被心血来潮的奇想和放任自流的本能所左右的生活。但是自我完成须把你所有的才能都发挥到尽善尽美的境界，然后你从生活中获得可能从中得到的一切欢乐、美、感情和兴趣，它的难处在于别人的要求经常会限制你的活动。道德家们十分赞赏这个理论的合理性，却又害怕它的后果，所以费了不少笔墨力图证明，一个人在自我牺牲和无私之中，才达到最完美的自我完成。这肯定不是歌德的意思，而且这样的说法也不见得正确。

在自我牺牲中确有其特殊的喜悦，这是不大有人会否认的，由于它提供一个新的活动范围，提供机会给你发挥自我的一个新的方面，故而它在自我完成中有它的价值；不过假如你追求自我完成，限于不干扰别人为同样目的的努力，那么你就不会有很大成就。

达到自我完成这样一个目标，需要无情无义，只顾自己，这就势必激起别人反感，因而常被人嫌弃。众所周知，好多与歌德有接触的人都对他的冷酷无情的自我主义极为恼火。

吉尔伯特·凯思·切斯特顿（1874—1936），英国作家、诗人与文学批评家。
名诗有《野骑士》《飞酒店》等；小说名作有"神甫布朗"系列。

※ 躺在床上

　　如果谁有一支彩色铅笔长得可以在天顶上作画，躺在床上可就是一种十全十美别无他求的经历了。但是，这一套却又不是一般意义上的室内用的家用设备的一部分。我自己琢磨，这事可以由几桶Aspinall和一把扫帚对付起来。只是如果你真的像模像样挥舞起扫帚，饱蘸颜料涂抹起来，那你的脸上又一准会滴满淅淅沥沥五颜六色的颜色，仿佛什么奇怪的童话雨下起来，这却就是其诸多不利因素了。我看在这种艺术创作形式里，只有坚持黑与白二色为宜。从这点出发，白色的天顶确实是大有可为之地。事实上，一块白色天顶派上用场，我以为这也是它唯一的用处。

倘不是这种躺在床上的美丽的试验，我没准永远也发现不了它呢。多年来，我一直在现代房子里寻找一些空白的空间往上画画儿。纸是太小了，画不下什么真正让人联想丰富的图案；如同西拉诺·德·贝尔热拉克说的："我需要巨人。"但是当我试图在我们大家居住的这样的现代房间里寻找这些干干净净的空间时，我失望了一次又一次。我见到的是没完没了的图案和乱七八糟的小玩意儿，像我和我的欲望之间悬挂起一道精致的链圈眼幕。我检查墙壁，令我大感惊奇，我发现墙上早贴上了壁纸，而且还看到壁纸上早布满了许多非常没有意思的图像，全都看上去彼此相像，有些不伦不类。我尤其不能明白，为什么一个随意涂抹的符号（一个符号显然不会赋予什么宗教的或者哲学的意义）竟这样洒满了我这些漂亮墙壁，像一种天花。《圣经》里说："不可像外邦人，用许多重复话。"我认为，它一定是在指壁纸。我看到土耳其地毯上尽是没有任何意义的颜色，简直与奥斯曼帝国一样，要么也像称之为"土耳其软糖"的果脯。我其实不清楚"土耳其软糖"究竟是什么玩意儿，不过我以为它是"马其顿大屠杀"呢。我走到哪里都感到心灰意冷，手持铅笔或者画笔刷，眼见别人早已抢先我一步，把墙壁，把窗帘，弄得花里胡哨，连家具上都是他们那些孩子似的野蛮的图案。

我在什么地方也难找到一片清洁至纯的空间，却就在我仰面躺在床上赖着不起超过了合适限度的这当儿有了发现。随后那白色天空的亮度打破了我的视觉，那片白色方圆简直就是"乐园"的定义，因为它意味着纯洁，也意味着自由。可是天哪！如同所有的天空一样，看是看见了，要够着却办不到。它看去比窗外的蓝天都更苛刻，更遥远。因为我建议用扫帚硬刷刷的头在天顶上画画儿的提法早有人劝阻了——千万别管人家是谁，反正是一个被剥夺了一切政治权利的人——就是我那小小不言的扫帚另一头塞进厨房火里烧成炭笔的建议也不能作数了。不过我敢肯定反对的人就是处在我的位置上，最初的灵魂闪现出来，一准是打算用一群闹闹嚷嚷的沦落的天使或者胜利在握的神明把宫殿或者大教堂的天顶覆盖住。我保证准是这么回事，因为米开朗琪罗就是干着这种躺在床上古老而体面的差事，清醒地认识到西斯廷教堂的天顶也许会触目惊心地模仿一出只能在天堂演出的神曲。

现在普遍的说法都认定躺在床上的行为有伪善之嫌，损害健康。就似乎意味着一种颓废的现代性的所有特征来说，不惜干些十分重大又十分起码的行为，不惜伤害永久的纽带的悲剧的人性道德，换取小而又小等而次之的勾当，这没有什么大不了的，算不得什么危险。倘若有一件事会比现代损害重大道德还糟糕的话，那只会是对些小道德的加强。因此，指责人趣味不高要比指责人伦理败坏更有破坏作用。当今之日，清洁行为不在信神行为之下，因为清洁行为被认作是基本的，而信神行为则被认定是一种冒犯。一个剧作家只要对社会的风俗不胡编乱写，尽可以对婚姻的制度进行攻击。我结识过一位易卜生主义悲观论者，他认为喝啤酒是不当行为，而饮用氢氰酸却是不应该指责的。事关健康大事尤其如此，像躺在床上这样的尽人皆知的问题也不应例外。无需考虑，理应如此，仅就个人方便和调整而言，许多人倾向认为起早似乎是基本道德的一部分。总的说来，这是实践智慧的一部分。但是仅就起早行为而言没什么好的，躺在床上也没有什么坏的。

守财奴一大早就起床——我听说，撬门溜锁之徒夜深人静出窝。我们社会面对的重大危险在于，它的机制变得越来越死板，而它的精神则变得越来越活跃了。一个人的些小行为和安排应该是自由的、灵活的、创造性的、不应该反复无常的是他的原则、他的理想，但是我们的情况会恰恰相反、我们的观点变来变去、可是我们的午餐却是一成不变。唔，我倒喜欢人们具有强烈的根深蒂固的观念，但是至于他们的午餐，尽可以让他们有时在花园里享用，有时在床上吃了，有时上房顶去品尝，有时索性爬上树顶饱餐一顿。让他们遵循同样的最初的原则，争论不休，但要容许他在床上争论，在船上争论，在热气球上争论。这种耸人听闻的良好习惯的成长壮大，实际上意味着过分强调了那些唯有习惯能保证的美德，也意味着根本不必强调那些习惯永远无可奈何的美德——那些受感悟而生的怜悯或者受灵感而有的坦诚的美德，来得突然却不失辉煌。一旦那种突如其来的呼吁冲我们而来，我们也许会应付不了。一个人能够习惯早上五点钟起床，一个人却不能为了自己的观点安然等着被活活烧死——这种试验只用一次就会要人性命。对这些英雄的始料不及的种种可能性，我们还是多加注意为好。我想我起身下床时我将会干出什么近乎可怕的美德的行为。

对那些研究躺在床上这一重要艺术的人，还有一点特殊的谨慎应该多加注意。即便有谁能在床上干自己的工作（像记者们），且别说那些不能在床上干自己工作的人（比如说，那些用标枪叉鲸鱼的职业高手），显然这种放纵必定是偶然为之，少而又少。不过这还不是我所指的谨慎。我话中的谨慎是这样的：倘若你要躺在床上，务必保证你躺在床上无需任何理由，无需一点正当说法。一个健康的人躺在床上，让他无需一点借口躺下好了，睡一觉起来他会依然健康。倘若他出于什么次要的有益健康的理由，倘若他有什么科学的说法，那他起床后一准是一个癔想症患者了。

（韩终莘　译）

※ 圣诞节礼物

一位手笔极大方的人士送了我一根手杖作为圣诞节的礼物。那手杖极大而且华丽——镶着许多银色条纹，有个亮锃锃的把手，还有各式各样我闻所未闻的名堂。它的光辉灿烂确实成了一个难题。手杖和我相互并不匹配啊。唯一的问题在于：谁应当让步？认为跟我在一起度过了几天以后，手杖就很可能变成一副黯淡、陈旧和舒适的样子，这不是蛮有道理吗？或者我是不是必须穿着华丽才能跟手杖攀比看齐？在神话故事里（我对它们愈来愈相信），只要魔杖轻轻一触就能把野兽变成英俊的王子。也许这根手杖轻轻一触就能把眼下所说的这头野兽变成英俊的花花公子吧。我已隐约感觉到我应当需要光滑的羊皮手套来握住这根手杖。从这里出发，只消再走一步就需要优质的袖口和衬衣链扣，然后礼节上的渐次麻痹症就会爬上我的胳膊，覆盖我的全身。一两年内，手杖就可能把我完全变成它自身那样的形象。究竟这事会不会发生，我不知道。我现在确实知道的是这一点：假如我目前拿着手杖在街上走过，大多数人都会把我误看成一个偷了某位先生手杖的流浪汉。

　　经过认真的考虑、祈祷和沉思之后，我终于得出这样的结论：我这辈子的命运就是充当手杖的陪衬。我只是一个背景——一个忧郁的、粗犷的背景——手杖衬托其上能展示它闪闪发光的纯洁和特色。我想，按严格的语法定义，手杖（walking stick）是一根能走路的棍子。我相信这根手杖能自己走路，我不过是附属于它的一个大的花穗而已。巴特西居民看见它在街上走过的时候，只会对它表示赞赏。接着，在赞赏的词语用完以后（如果此事可信的话），他们可能会补充一句："把一个衣着寒碜、毫无吸引力的人跟这根手杖拴在一起，这是多么富于艺术性的想法呀，这一来就是在最高程度上，而且是用形象来庆祝无生物对有生物的胜利啊。"我的存在仅仅是为了把强光投射在这根光彩夺目的手杖上。而问题的症结却是，只要它得到褒扬，我就会遭到贬低。无论如何，只想充当手杖的背景这个决定，比起想配得上它的另一种思想来，那可怕的程度总要小得多啊。

里尔克

赖内·马利亚·里尔克（1875—1926），奥地利诗人。

曾经给大雕塑家罗丹当过秘书，并深受法国象征派诗人波德莱尔等人的影响。

代表作品有诗集《生活与诗歌》《祈祷书》，长诗《杜伊诺哀歌》等。

里尔克的诗歌尽管充满孤独痛苦情绪和悲观虚无思想，但艺术造诣很高。

它不仅展示了诗歌的音乐美和雕塑美，而且表达了一些难以表达的内容，扩大了诗歌的艺术表现领域，对现代诗歌的发展产生了巨大影响。

※ 负重

我们总是必须将最重的东西当成基础，而那也正是我们所肩负的任务。

人生重重地压在我们的身上，它的重量越重，我们就越深入人生之中。必须生活在我们身边的不是快乐，而是人生。

人生非得这样不可。假如在年轻时便急着把人生变得前卫且肤浅，或是将人生变得轻率且轻浮的话，那只是放弃了认真地接受人生乐趣及放弃了真正担当人生责任的机会，而靠着自己固有的本性去感受人生，并且停止了追求生命价值的努力。

但是，这对人生而言，并不意味着任何的进步。这只是意味着抗拒人生无限的宽广与其可能性的表示。而我们被要求的是——去爱惜重大的任务及学习与重大任务交往。

在重大的任务中，隐藏着好意的力量，也隐藏了使我们变成有用之才，及带给我们生之意义的使命。

我们也应该在重大的任务中，拥有我们自己的喜悦、幸福及梦想。我们只要将这美丽的背景放到我们的眼前，幸福与喜悦就会清楚地浮现出来，这样我们才能开始体会其中之美。

我们高贵的微笑在重大任务的黑暗中，也拥有某种意味。那就是——我们只能在这个黑暗中，当它犹如梦幻般的光在一瞬间大放光明时，清楚地看见围绕在我们身边的奇迹与宝藏。